COLECCIÓN
MISTERIO

Necronomicón

H. P. Lovecraft

TRADUCCIÓN: BENJAMIN BRIGGENT

Plutón Ediciones

Segunda Edición: 2017
Tercera Edición: 2018
Cuarta Edición: 2018
Quinta Edición: 2019

Diseño de cubierta y maquetación: Saul Rojas

Edita: Plutón ediciones X, s. l.,
Calle Llobateras Nº 20,
Talleres 6, Nave 21
08210 Barberà del Vallés
Barcelona-España
E-mail: contacto@plutonediciones.com
http://www.plutonediciones.com

I.S.B.N: 978-84-17079-09-3
Depósito Legal: B-6701-2017

Impreso en España / Printed in Spain

Estudio Preliminar

La obra del escritor norteamericano H. P. Lovecraft (1890-1937) es vasta y variada. Sus relatos cortos representan la mayoría de su obra escrita y cubren todos los temas oscuros imaginables, con su recargado y característico estilo. La percepción y estilo del terror de Lovecraft estuvo muy adelantado a su tiempo y todavía resuena en lectores modernos, por estar basado en temas que trascienden a la raza humana, en situaciones que la convierten en insignificante en la escala cósmica de las cosas. Lovecraft estuvo muy influenciado por el horror gótico de Edgar Allan Poe, el misticismo de Arthur Machen y el surrealismo espacial de William Hope Hodgson, pero luego expandió esos temas con los peligros de la superstición y el progreso científico, la obsesión mórbida con el conocimiento prohibido, el inescapable destino de la muerte y la destrucción, y la existencia de deidades cósmicas y monstruos imposibles que una vez dominaron la Tierra, y que volverían a dominarla después de la aniquilación y esclavitud de la raza humana. Esta mezcla de ingredientes y el lenguaje que usaba para expresar sus ideas hizo del estilo de Lovecraft un éxito entre los amantes de lo macabro y misterioso.

Las historias contenidas en este volumen tratan de muchos temas diferentes, sin perder el sabor particular de Lovecraft por el horror cósmico y el peligro inminente. Hasta nuestros días se ha mantenido como un escritor de culto, recordado por su imaginación extremadamente prolífica, sus visiones oscuras del universo y por ayudar a la literatura de terror a entrar en el siglo XX y en el futuro.

Historia del Necronomicón

Un corto, pero sin duda completo resumen de la historia de este libro, de su autor, de diversas traducciones y ediciones desde su redacción (en el 730) hasta nuestros días.

Edición conmemorativa y limitada a cargo de
Wilson H. Shepherd, The Rebel Press,
Oakman, Alabama.

Originalmente se llamaba *Al-Azif*, Azif era la forma árabe para referirse al ruido que hacen los insectos que, como se da a entender, representaba un zumbido realmente endemoniado. Escrito por Abdul Al-Hazred, un poeta desquiciado oriundo de Saná en Yemen, en los tiempos de los califas Omeyas cercano al año 700. Pasea por las ruinas de Babilonia y los ocultos subterráneos de Menfis, y pasa diez años en la soledad del gran desierto que se extiende al sur de Arabia, el Roba el-Khaliyeh, o "Espacio vital" de los antiguos, y el Dahna, o "Desierto Escarlata" de los árabes modernos. Se cuenta que este desierto está habitado por espíritus malvados y bestias monstruosas. Todos aquellos que aseguran haber penetrado en sus regiones cuentan cosas extrañas y sobrenaturales. Durante los últimos años de su vida, Al-Hazred vivió en Damasco, donde escribió el *Necronomicón* (*Al-Azif*) y por donde circulan terribles y contradictorios rumores sobre su muerte o desaparición en el 738. Su biógrafo del siglo XII, Ibn-Khallikan, cuenta que fue asesinado por un monstruo invisible en pleno día y devorado horriblemente en presencia de un gran número de aterrorizados testigos. Se cuentan, además, muchas cosas sobre su locura. Pretendía haber visto la famosa Ilrem, la Ciudad de los Pilares, y haber encontrado bajo las ruinas de una oculta ciudad del desierto los anales secretos de una raza más antigua que la humanidad. No participaba de la fe musulmana, adoraba a unas desconocidas entidades a las que llamaba Yog-Sothoth y Cthulhu.

En el año 950, el *Azif*, que había circulado en secreto entre los filósofos de la época, fue traducido ocultamente al griego por Theodorus Philetas de Constantinopla, bajo el título de *Necronomicón*. Durante un siglo, y debido a su influencia, tuvieron lugar ciertos hechos horribles, por lo que el libro fue prohibido y quemado por el patriarca Michael. Desde entonces no tenemos más que vagas referencias del libro, pero en el 1228, Olaus Wormius encuentra una traducción al latín que fue impresa dos veces, una en el siglo XV, en letras negras (con toda seguridad en Alemania), y otra en el siglo XVII (probablemente en España). Ninguna de las dos ediciones lleva ningún tipo de aclaración, de tal forma que es solo por su tipografía que se supone la fecha y el lugar de impresión. La obra, tanto en su versión griega como en la latina, fue prohibida por el Papa Gregorio IX, en el 1232, poco después de que su traducción al latín fuese un poderoso foco de atención. La edición árabe original se perdió en los tiempos de Wormius, tal y como se dijo en el prefacio (hay vagas alusiones sobre la existencia de una copia secreta encontrada en San Francisco a principios de siglo, pero que desapareció en el gran incendio). No hay ningún rastro de la versión griega, impresa en Italia, entre el 1500 y el 1550, después del incendio que tuvo lugar en la biblioteca de cierto personaje de Salem, en 1692. También, existía una traducción del doctor Dee, jamás impresa, basada en el manuscrito original. Los textos latinos que aún subsisten, uno (del siglo XV) está guardado en el Museo Británico y el otro (del siglo XV) se halla en la Biblioteca Nacional de París. Una edición del siglo XVII se encuentra en la Biblioteca de Wiedener de Harvard y otra en la biblioteca de la Universidad de Miskatonic, en Arkham; mientras que hay una más en la biblioteca de la Universidad de Buenos Aires. Probablemente existían más copias secretas, y se rumoreaba persistentemente que una copia del siglo XV fue a parar a la colección de un célebre millonario norteamericano. Existe otro rumor que asegura que una copia del texto griego del siglo XVI es propiedad de la familia Pickman de Salem; pero es casi seguro que esta copia desapareció, al mismo tiempo que el artista R.U. Pickman, en 1926. La obra está rotundamente prohibida por las autoridades y organismos ingleses. Leerlo puede conllevar a consecuencias nefastas. Es de creencia popular que R.W. Chambers tomó como base este libro para escribir su obra *El rey en amarillo*.

Cronología

Al-Azif se escribe en Damasco en el 730, por Abdul Al-Hazred.

Traducción al griego con el título de Necronomicón, a cargo de Theodorus Philetas, en el 950.

El patriarca Michael lo prohíbe en el 1050 (el texto griego). El árabe se ha perdido.

En 1228, Olaus traduce el texto griego al latín.

Las ediciones latina y griega son destruidas por Gregorio IX en 1232.

En 14... (?) aparece una edición en letras góticas en Alemania.

En 15... (?) el texto griego es impreso en Italia.

En 16... (?) aparece la traducción al castellano del texto latino.

Dagón

Hago estas líneas en un momento terrible y de mucha tensión mental, al caer la noche sé que mi vida llegará a su ineludible final. Sin dinero, y ya acabada por completo la reserva de droga que lograba que mis días valieran un poco la pena, soy incapaz de soportar más este sufrimiento y volaré por la ventana de este ático hasta que mis huesos den contra el miserable suelo. No quiero que tengáis en mente que soy un cobarde o un salvaje por mi adicción a la morfina. Al terminar de leer estas líneas que hice tan súbitamente, quizá podáis entender, ojalá en toda su extensión, el motivo por el que debo morir y olvidar.

Fue en uno de los sitios más abiertos y desolados del océano Pacífico donde la embarcación de la que yo era tripulante fue alcanzada por el cazador de barcos alemán. Por ese entonces la gran guerra se hallaba en sus inicios y las fuerzas marítimas del Huno aun no habían alcanzado su decadencia posterior; así que nuestro navío fue capturado según las convenciones, y su tripulación tratada con la consideración y el respeto debidos a cualquier prisionero de guerra. En efecto, la disciplina de nuestros captores era tan laxa que una semana más tarde logré escapar en una pequeña embarcación con provisiones y agua para varios días.

Cuando al fin estaba libre y con las ataduras cortadas, no sabía mucho dónde me encontraba. No siendo un navegante experimentado, tan solo podía suponer someramente, por el sol y las estrellas, que estaba debajo de la línea del ecuador. No sabía mi longitud, y no había tierra a la vista, ni costas ni islas. El tiempo permanecía sereno y durante una innumerable cantidad de días divagué bajo el sol ardiente y sin rumbo, deseando el paso de un barco o la llegada a las playas de una tierra habitada. Pero ni tierra ni barcos aparecían, y yo empecé a perder la compostura en mi soledad, en medio de aquella inmensidad pendular de azul eterno.

Todo cambió mientras aún estaba dormido. Jamás supe los detalles, ya que mi sueño, aunque intranquilo y lleno de ilusiones, fue constante. Cuando desperté, lo hice para hallarme medio hundido en una pantanosa extensión de infernal barro negro que me rodeaba en olas repetitivas hasta tan lejos como llegaba el ojo, y en el que mi embarcación se hallaba encallado a lo lejos.

Si bien podría esperarse que mi primera reacción ante esa transformación asombrosa e inesperada del paisaje fuese la sorpresa, en realidad me hallaba más horrorizado que extrañado; ya que había en el aire y en el suelo podrido una atmósfera siniestra que me helaba hasta lo más profundo. La zona era un vertedero de cadáveres de peces corrompidos, así como de otras cosas menos descriptibles que pude ver asomándome entre el fango asqueroso de aquella llanura interminable. Tal vez no debiera tratar de describir con simples palabras la terrible abominación que parecía adueñarse del silencio absoluto y la estéril inmensidad. No había absolutamente nada al alcance del oído, ni de la vista, excepto una eternidad de limo negro; y, a pesar de todo, la total quietud y la monotonía del paisaje me llenaban de un pánico indescriptible. El sol ardía en un firmamento que se me hizo casi negro en su maligna ausencia de nubes, como reflejando los pantanos de tinta que había bajo mis pies. Mientras me arrastraba hacia el bote encallado, entendí que solo había una teoría que podía explicar mi situación. Debido a alguna catástrofe volcánica sin igual, parte del lecho marino debía haber emergido, revelando áreas que habían permanecido ocultas durante millones de años en las imposibles profundidades del océano. Tan enorme era la amplitud de esa tierra nueva alzada bajo mis pies que, por más que forzara el oído, no se oía el menor murmullo de oleaje. Tampoco se encontraba allí ninguna ave marina para alimentarse de los animales muertos.

Durante varias horas permanecí pensando y reflexionando en el bote, que yacía de lado y prestaba una sombra ligera según el sol recorría el cielo. Al transcurrir el día, el suelo fue perdiendo poco a poco algo de fluidez, tornándose rápidamente lo bastante seco como para permitir viajar a través de él. Esa noche dormí, aunque muy poco, y al día siguiente preparé un paquete con provisiones, necesario para un viaje en busca del mar escondido, así como de un rescate factible.

Al tercer día descubrí que el suelo estaba lo suficientemente seco como para transitar con tranquilidad. El hedor a pescado era penetrante, pero me hallaba demasiado distraído en asuntos mucho más importantes como para preocuparme por aquello, y, decidido, me puse a andar hacia una meta invisible. Durante toda la jornada avancé siempre hacia el oeste, guiado por un montículo lejano que sobresalía sobre los demás salientes de aquel desierto ondulado. Aquella noche hice campamento, y a la mañana siguiente todavía estaba enfilado hacia el montículo, aunque parecía solo un poco más cercano que cuando le había visto por vez primera. El cuarto día alcancé el pie del saliente al caer la tarde, que resultó ser mucho más elevado de lo que parecía a lo lejos; tenía un valle delante que hacía aun más hondo su relieve sobre la superficie. Infinitamente cansado para subir, me dormí a la sombra del promontorio.

No tengo idea del por qué mis sueños fueron tan extravagantes esa noche; pero antes de que la luna menguante, maravillosamente deforme, se hubiese elevado demasiado sobre la llanura de oriente, me encontraba desvelado, empapado en frío sudor, decidido a no dormir más. Las ilusiones vividas resultaban demasiado fuertes como para intentar resistirlas nuevamente. Y al brillo de la luna entendí cuán idiota había sido al viajar durante el día. Sin el resplandor del sol ardiente, mi viaje hubiera sido menos agotador; de hecho, me sentí de nuevo lo suficientemente fuerte como para retomar la escalada que había descartado al atardecer. Recogiendo mis cosas, empecé a subir hacia la cima del promontorio.

Ya he dicho que la monotonía eterna de la llanura ondulante producía un leve miedo en mí, pero creo que mi horror se vio acentuado cuando alcancé la cumbre del montículo y vi al otro lado un inmenso cañón o despeñadero cuyas oscuras profundidades aun no iluminaba la luna. Me sentí como en el fin del mundo, mirando al borde de un caos impenetrable de eterna oscuridad. En mi pánico me venían curiosos recuerdos del Paraíso perdido y del terrible ascenso de Satán a través de lejanos territorios de tinieblas.

Al elevarse más la luna, empecé a discernir que las cuestas del valle no resultaban tan rectas como había previsto. Protuberancias y afloramientos de roca formaban apoyos seguros y fáciles para el descenso, además de que a partir de unos cuantos cientos de metros la cuesta se hacía más benigna. Motivado por un impulso que me resulta difícil de explicar completamente, descendí con dificultad sobre las piedras y alcancé la más blanda ladera de abajo, ojeando aquel abismo sombrío que la luz aun no había colonizado.

Sobre todo, captó mi atención un objeto gigante y particular de la opuesta ladera, que se erguía en vertical un centenar de metros más adelante; un objeto que brillaba blancuzco gracias a los recién llegados rayos de la luna en alza. Era solamente una enorme pieza rocosa, como pronto pude comprobar; pero yo había tenido una clara noción de que su forma y ubicación no eran totalmente obra de la naturaleza. Un análisis más detallado me llenó de sensaciones indescriptibles; ya que a pesar de su gigantesco tamaño y de que se encontraba ubicado en un cañón abierto en el fondo de los océanos desde la infancia del planeta tierra, vi más allá de cualquier duda posible que el misterioso objeto era un monolito tallado a la perfección, cuya titánica mole había conocido la mano de obra y quizás la adoración de criaturas racionales y vivas.

Confuso y lleno de miedo, aunque no sin cierto estremecimiento de placer propio de un aventurero o científico, estudié los alrededores con mayor detalle. La luna, ahora cercana al cenit, resplandecía de manera misteriosa y vívida sobre los peldaños colosales que rodeaban el abismo, revelando un pequeño riachuelo de agua que fluía al fondo, desvaneciéndose en ambos sentidos y casi llegando a tocar mis pies cuando me detuve al pie de la ladera. Al otro lado del despeñadero, las minúsculas olas golpeteaban la base del gigantesco monolito, en cuya superficie pude ver entonces inscripciones talladas y relieves toscos. La escritura estaba basada en un sistema de jeroglíficos nunca antes visto por mí, diferente a cuanto hubiera visto en los libros; consistía en su mayoría de símbolos acuáticos convencionales, tales como moluscos, peces, anguilas, ballenas, pulpos, crustáceos y otros seres así. Algunos caracteres, claramente, representaban seres marinos desconocidos todavía para el mundo moderno, pero cuyos cuerpos en descomposición yo había contemplado en la llanura surgida del fondo del mar.

De todo lo visto fueron los relieves pictóricos los que más me impresionaron. Visibles claramente al otro lado del agua de por medio, gracias a su colosal envergadura, formaban un grupo de bajorrelieves cuyos temas hubieran podido despertar la envidia de Doré. Creo que podría creerse que aquellos seres representaban hombres... o al menos, cierto tipo de hombres; aunque se mostraba a los seres jugueteando como peces en las aguas de alguna cueva acuática, o rindiendo culto en algún santuario eterno, al parecer también bajo el agua. No me atreveré a entrar en detalles acerca de sus rostros y formas, ya que el simple recuerdo me provoca pavor. Deformes más allá de la imaginación de un Bulwer o Poe, resultaban a grandes rasgos terriblemente humanos a pesar de sus pies y manos palmeadas, labios penosamente gruesos y flácidos, ojos saltones y nublados, así como otras características aun menos felices de rememorar. Cosa bastante extraña, parecían tallados sin guardar proporción con su escena oceánica, ya que una de las criaturas era retratada en actitud de cazar a una ballena representada apenas un poco más grande. Me di cuenta de su deformidad e inusual estatura, pero inmediatamente decidí que se trataba simplemente de los dioses imaginarios de alguna tribu primitiva de marineros o pescadores; una tribu cuyo último antepasado había desaparecido antes de que surgiera el primer descendiente del hombre de Piltdown o el del Neanderthal. Horrorizado por este repentino vistazo a un pasado mucho más alejado de la imaginación del más curtido de los antropólogos, estuve meditando mientras la luna vertía misteriosos reflejos en el silencioso riachuelo que había frente a mí.

Entonces, de pronto, lo vi. Con tan solo un suave salpicar indicando su llegada a la superficie, el ente se hizo sobre las aguas oscuras. Enorme, semejante a un cíclope, horripilante, se lanzó como un temible monstruo de tormento hacia el monolito, al que cogió con sus titánicos brazos escamosos al tiempo que movía su cabeza monstruosa para emitir algunos sonidos pausados. Creo que enloquecí en ese momento.

De mi desquiciada subida de la ladera y el risco, así como de mi alucinante regreso al pequeño bote encallado, poco es lo que queda en mi memoria. Creo que canté durante largo rato, y que carcajeaba de forma extravagante cuando ya no fue posible seguir cantando. Conservo confusos recuerdos de una gran tormenta desencadenada poco después de llegar al bote; y de alguna manera sé que escuché el retumbar de truenos, así como otros sonidos que la naturaleza emite solamente en sus momentos más desbocados.

Cuando volví de entre las tinieblas me encontraba en un hospital de San Francisco, llevado allí por el capitán del navío norteamericano que había hallado mi bote en mitad del océano. Había hablado mucho durante mi desvarío, pero supe después que habían prestado poca atención a mis palabras. Mis rescatadores no conocían nada de tierras surgidas del Pacífico, y no vi prudente insistir sobre cosas que estaba seguro no creerían. En cierta ocasión visité a un famoso etnólogo y lo distraje con preguntas curiosas acerca de la antigua leyenda filistea de Dagón, el dios-pez; pero entendiendo enseguida que era incorregiblemente convencional, desistí de mi examen.

Es al caer la noche, sobre todo, cuando la luna es menguante y deforme, cuando veo al ser. Probé la morfina, pero la droga ha resultado ser solamente una solución fugaz y me ha apresado entre sus talones como esclavo sin perspectiva de escape. Así que voy a dar fin a todo, habiendo transcrito una narración completa para el conocimiento o la soberbia diversión de mis colegas. Constantemente me pregunto si no habrá sido todo una fantasía... simplemente un monstruo de la calentura sufrida mientras yacía preso de la insolación y enajenado en el bote sin techo, tras mi escape del buque de guerra alemán. Eso me digo a mí mismo, pero siempre llega una horripilante y corpórea imagen a manera de respuesta. No puedo recordar el profundo mar sin sufrir escalofríos por los seres indescriptibles que puede que en este mismo momento estén arrastrándose y removiéndose en sus fondos pantanosos, adorando antiquísimos ídolos de piedra y cincelando sus propias y odiosas imágenes en obeliscos acuáticos de granito húmedo. Espero la hora en que surjan de entre las olas y hundir entre sus garras a los restos de una raza humana sin fuerza y menoscabada por las guerras... el momento en que la tierra se hunda y el tenebroso lecho marino se alce entre el caos general.

Se acerca el fin. Escucho algunos ruidos un poco más allá de la puerta, parece que un cuerpo gigante se enfrentara a ella, pero no podrá llegar hasta mí. ¡No! ¡la mano! ¡La ventana! ¡La ventana!

El alquimista

En lo alto de una herbosa cima con un montículo de gran pendiente, cubierto de arboles por los lados, se erige la mansión que pertenece a mi familia desde hace mucho tiempo. Durante centenares de años sus almenas han visto el salvaje terreno que lo rodea, haciendo de guarida y cobijo para la casa cuyo noble linaje es aún más viejo que los muros cubiertos de musgo del castillo. Sus ancestrales torreones, duramente castigados durante siglos por las torrenciales aguas, destruidos por el lento pero imparable paso de los años, en la época feudal fueron parte de una de las más temerarias e increíbles fortalezas de toda Francia. Desde sus escarpadas almenas y sus aspilleras, muchos barones, condes y también reyes han sido retados, sin que nunca el paso del invasor resonara en sus amplios salones.

Pero desde aquellos gloriosos años todo ha cambiado. Una pobreza colindante en la indigencia, unida a la altanería que impide aliviarla mediante el ejercicio del comercio, ha negado a los vástagos del linaje la oportunidad de mantener sus posesiones en su primitivo esplendor; y las derruidas piedras de los muros, la maleza que invade los patios, el foso seco y polvoriento, así como las baldosas sueltas, las tablazones comidas de gusanos y los deslucidos tapices del interior, todo narra un melancólico cuento de perdidas grandezas. Con el paso de las edades, primero una, luego otra, las cuatro torres fueron derrumbándose, hasta que tan solo una sirvió de cobijo a los tristemente menguados descendientes de los en otro tiempo poderosos señores del lugar.

Fue de esa manera como en una de las vastas y lóbregas estancias de esa torre que aún seguía en pie donde yo, Antoine, el último de los desdichados y maldecidos condes de C., vine al mundo, hace diecinueve años. Entre esos muros, y entre las oscuras y sombrías frondas, los salvajes barrancos y las grutas de la ladera, pasaron los primeros años de mi atormentada vida. No conocí a mis progenitores. Mi padre murió a la edad de treinta y dos, un mes después de mi nacimiento, alcanzado por una piedra de uno de los abandonados parapetos del castillo; y, habiendo fallecido mi madre al darme a luz, mi cuidado y educación corrieron a cargo del único servidor que nos quedaba, un hombre anciano y fiel de notable inteligencia, que recuerdo que se llamaba Pierre. Yo no era más que un chiquillo, y la carencia de compañía que eso acarreaba se veía aumentada por el extraño cuidado que mi avejentado guardián se tomaba para privarme del trato de los muchachos campesinos, aquellos cuyas moradas se desperdigaban por los llanos circundantes en la base de la colina. Por entonces, Pierre me había dicho que tal restricción era debida a que mi nacimiento noble me colocaba por encima del trato con aquellos plebeyos compañeros. Ahora sé que su verdadera intención era ahorrarme los vagos rumores que corrían acerca de la espantosa maldición que afligía a mi linaje, cosas que se contaban en la noche y eran magnificadas por los sencillos aldeanos según hablaban en voz baja al resplandor del hogar en sus chozas.

Aislado como estaba, librado a mis propios recursos, dedicaba mis horas de infancia a hojear los viejos tomos que llenaban la biblioteca del castillo, colmada de sombras, y en vagar sin ton ni son por el perpetuo crepúsculo del espectral bosque que cubría la falda de la colina. Fue quizás debido a tales contornos el que mi mente adquiriera pronto tintes de melancolía. Esos estudios y temas que tocaban lo oscuro y lo oculto de la naturaleza eran lo que más llamaban mi atención.

Me permitieron saber muy poco de mis antepasados, y lo poco que supe me sumía en profundas depresiones. Tal vez, al principio, fue solo la clara aversión mostrada por mi viejo preceptor a la hora de hablarme de mi línea paterna lo que provocó la aparición de ese terror que yo sentía cada vez que se mentaba a mi gran linaje, aunque al abandonar la infancia conseguí fragmentos inconexos de conversación, dejados escapar involuntariamente por una lengua que ya iba traicionándolo con la llegada de la senilidad, y que tenían alguna relación con un particular acontecimiento que yo siempre había considerado extraño, y que ahora empezaba a volverse turbiamente terrible. A lo que me refiero es a la temprana edad en la que los condes de mi linaje encontraban la muerte. Aunque hasta ese momento había considerado un atributo de familia el que los hombres fueran de corta vida, más tarde reflexioné en profundidad sobre aquellas muertes prematuras, y comencé a relacionarlas con los desvaríos del anciano, que a menudo mencionaba una maldición que durante siglos había impedido que las vidas de los portadores del título sobrepasasen la barrera de los treinta y dos años. En mi vigésimo segundo cumpleaños, el añoso Pierre me entregó un documento familiar que, según decía, había pasado de padre a hijo durante muchas generaciones y había sido continuado por cada poseedor. Su contenido era de lo más inquietante, y una lectura pormenorizada confirmó la gravedad de mis temores. En ese tiempo, mi creencia en lo sobrenatural era firme y arraigada, de lo contrario hubiera hecho a un lado con desprecio el increíble relato que tenía ante los ojos.

El papel me hizo ir tan atrás como lo es el siglo XIII, cuando el viejo castillo en el que me hallaba era una fortaleza temida e inexpugnable. En él se hablaba de cierto anciano que una vez vivió en nuestras posesiones, alguien de no pocos talentos, aunque su rango apenas rebasaba el de campesino; su nombre era Michel, de usual sobrenombre Mauvais, el malhadado, debido a su siniestra reputación. A pesar de su clase, había estudiado, buscando cosas tales como la piedra filosofal y el elixir de la eterna juventud, y tenía fama de ducho en los terribles arcanos de la magia negra y la alquimia. Michel Mauvais tenía un hijo llamado Charles, un mozo tan avezado como él mismo en las artes ocultas, habiendo sido por ello apodado Le Sorcier, el brujo. Ambos, evitados por las gentes de bien, eran sospechosos de las prácticas más odiosas. El viejo Michel era acusado de haber quemado viva a su esposa, a modo de sacrificio al diablo, y, en lo tocante a las incontables desapariciones de hijos pequeños de campesinos, se tendía a señalar su puerta. Pero, a través de las oscuras naturalezas de padre e hijo brillaba un rayo de humanidad y redención; el malvado viejo quería a su retoño con fiera intensidad, mientras que el mozo sentía por su padre una devoción más que filial.

Una noche el castillo de la colina se encontró sumido en la más tremenda de las confusiones por la desaparición del joven Godfrey, hijo del conde Henri. Un grupo de búsqueda, encabezado por el frenético padre, invadió la choza de los brujos, hallando al viejo Michel Mauvais mientras trasteaba en un inmenso caldero que bullía violentamente. Sin más demora, llevado de furia y desesperación desbocadas, el conde puso sus manos sobre el anciano mago y, al aflojar su abrazo mortal, la víctima ya había expirado. Entretanto, los alegres criados proclamaban el descubrimiento del joven Godfrey en una estancia lejana y abandonada del edificio, anunciándolo muy tarde, ya que el pobre Michel había sido asesinado en vano. Al dejar el conde y sus amigos la mísera cabaña del alquimista, la figura de Charles Le Sorcier hizo acto de presencia bajo los árboles. La charla excitada de los domésticos más próximos le reveló lo sucedido, aunque pareció indiferente en un principio al destino de su padre. Después, yendo lentamente al encuentro del conde, pronunció con voz leve pero terrible la maldición que, en adelante, afligiría a la casa de C.

«Nunca sea que un noble de tu estirpe homicida
Viva para alcanzar mayor edad de la que ahora posees»

Proclamó cuando, repentinamente, saltando hacia atrás al negro bosque, sacó de su túnica una redoma de líquido incoloro que arrojó al rostro del asesino de su padre, desapareciendo al amparo de la negra cortina de la noche. El conde murió sin decir palabra y fue sepultado al día siguiente, con apenas treinta y dos años. Nunca descubrieron rastro del asesino, aunque implacables bandas de campesinos batieron las frondas cercanas y las praderas que rodeaban la colina.

El tiempo y la falta de recordatorios aminoraron la idea de la maldición de la mente de la familia del conde muerto; así que cuando Godfrey, causante inocente de toda la tragedia y ahora portador de un título, murió traspasado por una flecha en el transcurso de una cacería, a la edad de treinta y dos años, no hubo otro pensamiento que el de pesar por su deceso. Pero cuando, años después, el nuevo joven conde, de nombre Robert, fue encontrado muerto en un campo cercano y sin mediar causa aparente, los campesinos empezaron a murmurar acerca de que su amo apenas sobrepasaba los treinta y dos cumpleaños cuando fue sorprendido por su temprana muerte. Louis, hijo de Robert, fue descubierto ahogado en el foso a la misma fatídica edad, y, desde ahí, la crónica ominosa recorría los siglos: Henris, Roberts, Antoines y Armands privados de vidas felices y virtuosas cuando apenas rebasaban la edad que tuviera su infortunado antepasado al morir.

Según lo leído, parecía cierto que no me quedaban sino once años. Mi vida, tenida hasta entonces en tan poco, se me hizo ahora más valiosa cada día que pasaba, y me fui progresivamente sumergiendo en los misterios del oculto mundo de la magia negra. Solitario como era, la ciencia moderna no me había perturbado y trabajaba como en la Edad Media, tan empeñado como estuvieran el viejo Michel y el joven Charles en la adquisición de saber demonológico y alquímico. Aunque leía cuanto caía en mis manos, no encontraba explicación para la extraña maldición que afligía a mi familia. En los pocos momentos de pensamiento racional, podía llegar tan lejos como para buscar alguna explicación natural, atribuyendo las tempranas muertes de mis antepasados al siniestro Charles Le Sorcier y sus herederos; pero descubriendo tras minuciosas investigaciones que no había descendientes conocidos del alquimista, me volví nuevamente a los estudios ocultos y de nuevo me esforcé en encontrar un hechizo capaz de liberar a mi estirpe de esa terrible carga. En algo estaba plenamente resuelto. No me casaría jamás, y, ya que las ramas restantes de la familia se habían extinguido, pondría fin conmigo a la maldición.

En el momento en que yo pisaba los treinta años, el anciano Pierre fue reclamado por el otro mundo. Lo enterré sin ayuda bajo las piedras del patio por el que tanto le gustaba deambular en vida. Así quedé para meditar en soledad, siendo el único ser humano de la gran fortaleza, y en el total aislamiento mi mente fue dejando de rebelarse contra la maldición que se avecinaba para casi llegar a acariciar ese destino con el que se habían encontrado tantos de mis antepasados. Pasaba mucho tiempo explorando las torres y los salones ruinosos y abandonados del viejo castillo, que el temor juvenil me había llevado a rehuir y que, según el viejo Pierre, no habían sido pisados por ningún ser humano durante casi cuatro siglos. Muchos de los objetos hallados resultaban extraños y espantosos. Mis ojos descubrieron muebles cubiertos por polvo de siglos, desmoronándose en la putridez de largas exposiciones a la humedad. Telarañas en una profusión nunca antes vista brotaban por doquier, e inmensos murciélagos agitaban sus alas huesudas e inmensas por todos lados en las, por otra parte, vacías tinieblas.

Guardaba el cálculo más cuidadoso de mi edad exacta, aun de los días y horas, ya que cada oscilación del péndulo del gran reloj de la biblioteca desgranaba una pizca más de mi condenada existencia. Al final estuve cerca del momento tanto tiempo contemplado con aprensión. Dado que la mayoría de mis antepasados fueron abatidos poco después de llegar a la edad exacta que tenía el conde Henri al morir, yo aguardaba en cualquier instante la llegada de una muerte desconocida. En qué extraña forma me alcanzaría la maldición, eso no sabía decirlo; pero estaba decidido a que, al menos, no me encontrara atemorizado o pasivo. Con renovado vigor, me apliqué al examen del viejo castillo y cuanto contenía.

El momento definitivo en mi vida fue en una de mis exploraciones más largas en la parte abandonada del castillo, a menos de una semana de la fatídica hora que yo sabía había de marcar el límite final a mi estancia en la tierra, más allá de la cual yo no tenía siquiera atisbos de esperanza de conservar el hálito. Había empleado la mejor parte de la mañana yendo arriba y abajo por las escaleras medio en ruinas, en uno de los más castigados de los antiguos torreones. En el pasar de la tarde me dediqué a los niveles inferiores, bajando a lo que parecía ser un calabozo medieval o quizás un polvorín subterráneo, más bajo. Mientras deambulaba lentamente por los pasadizos llenos de incrustaciones al pie de la última escalera, el suelo se tornó sumamente húmedo y pronto, a la luz de mi trémula antorcha, descubrí que un muro sólido, manchado por el agua, impedía mi avance. Girándome para volver sobre mis pasos, fui a poner los ojos sobre una pequeña trampilla con anillo, directamente bajo mis pies. Deteniéndome, logré alzarla con dificultad, descubriendo una negra abertura de la que brotaban tóxicas humaredas que hicieron chisporrotear mi antorcha, a cuyo titubeante resplandor vislumbré una escalera de piedra. Tan pronto como la antorcha, que yo había abatido hacia las repelentes profundidades, ardió libre y firmemente, emprendí el descenso. Los peldaños eran muchos y llevaban a un angosto pasadizo de piedra que supuse muy por debajo del nivel del suelo. Este túnel resultó de gran longitud y finalizaba en una masiva puerta de roble, rezumante con la humedad del lugar, que resistió firmemente cualquier intento mío de abrirla. Cesando tras un tiempo en mis esfuerzos, me había vuelto un trecho hacia la escalera, cuando sufrí de repente una de las impresiones más profundas y enloquecedoras que pueda concebir la mente humana. Sin previo aviso, escuché crujir la pesada puerta a mis espaldas, girando lentamente sobre sus oxidados goznes. Mis inmediatas sensaciones no son susceptibles de análisis. Encontrarme en un lugar tan completamente abandonado como yo creía que era el viejo castillo, ante la prueba de la existencia de un hombre o un espíritu, provocó a mi mente un horror de lo más agudo que se pueda imaginar. Cuando al fin me volví y encaré la fuente del sonido, mis ojos debieron desorbitarse ante lo que veían. En un antiguo marco gótico se encontraba una figura humana. Era un hombre vestido con un casquete y una larga túnica medieval de color oscuro. Sus largos cabellos y frondosa barba eran de un negro intenso y terrible, de increíble profusión. Su frente, más alta de lo normal; sus mejillas, consumidas, llenas de arrugas; y sus manos largas, semejantes a garras y nudosas, eran de una mortal y marmórea blancura como nunca antes viera en un hombre. Su figura, enjuta hasta asemejarla a un esqueleto, estaba extrañamente cargada de hombros y casi perdida dentro de los voluminosos pliegues de su peculiar vestimenta. Pero lo más extraño de todo eran sus ojos, cavernas gemelas de negrura abisal, profundas en saber, pero inhumanas en su maldad. Ahora se clavaban en mí, lacerando mi alma con su odio, manteniéndome sujeto al lugar. Por fin, la figura habló con una voz retumbante que me hizo estremecer debido a su honda impiedad e implícita malevolencia. El lenguaje empleado en su discurso era el decadente latín usado por los menos eruditos durante la Edad Media, y pude entenderlo gracias a mis prolongadas investigaciones en los tratados de los viejos alquimistas y demonólogos. Esa aparición hablaba de la maldición suspendida sobre mi casa, anunciando mi próximo fin, e hizo hincapié en el crimen cometido por mi antepasado contra el viejo Michel Mauvais, recreándose en la venganza de Charles le Sorcier. Relató cómo el joven Charles había escapado al amparo de la noche, volviendo al cabo de los años para matar al heredero Godfrey con una flecha, en la época en que este alcanzó la edad que tuviera su padre al ser asesinado; cómo había vuelto en secreto al lugar, estableciéndose ignorado en la abandonada estancia subterránea, la misma en cuyo umbral se recortaba ahora el odioso narrador. Cómo había apresado a Robert, hijo de Godfrey, en un campo, forzándolo a ingerir veneno y dejándolo morir a la edad de treinta y dos, manteniendo así la loca profecía de su vengativa maldición. Entonces me dejó imaginar cuál era la solución de la mayor de las incógnitas: cómo la maldición había continuado desde el momento en que, según las leyes de la naturaleza, Charles le Sorcier hubiera debido morir, ya que el hombre se perdió en digresiones, hablándome sobre los profundos estudios de alquimia de los dos magos, padre e hijo, y explayándose sobre la búsqueda de Charles le Sorcier del elixir que podría garantizarle el goce de vida y juventud eternas.

Por un momento su entusiasmo pareció apartar de aquellos ojos terribles el odio mostrado en un principio, pero bruscamente volvió el diabólico resplandor y, con un estremecedor sonido que recordaba el siseo de una serpiente, alzó una redoma de cristal con evidente intención de acabar con mi vida, tal como hiciera Charles le Sorcier seiscientos años antes con mi antepasado. Llevado por algún protector instinto de autodefensa, luché contra el encanto que me había tenido inmóvil hasta ese momento, y arrojé mi antorcha, ahora moribunda, contra el ser que amenazaba mi vida. Escuché cómo la ampolla se rompía de forma inocua contra las piedras del pasadizo mientras la túnica del extraño personaje se incendiaba, alumbrando la horrible escena con un resplandor fantasmal. El grito de espanto y de maldad impotente que lanzó el frustrado asesino resultó demasiado para mis nervios, ya estremecidos, y caí desmayado al suelo fangoso.

Finalmente cuando recobré el conocimiento, todo estaba espantosamente a oscuras y, recordando lo ocurrido, temblé ante la idea de tener que soportar aún más; pero fue la curiosidad lo que acabó imponiéndose. ¿Quién, me preguntaba, era este malvado personaje, y cómo había llegado al interior del castillo? ¿Por qué podía querer vengar la muerte del pobre Michel Mauvais y cómo se había transmitido la maldición durante el gran número de siglos pasados desde la época de Charles le Sorcier? El peso del espanto, sufrido durante años, desapareció de mis hombros, ya que sabía que aquel a quien había abatido era lo que hacía peligrosa la maldición, y, viéndome ahora libre, ardía en deseos de saber más del ser siniestro que había perseguido durante siglos a mi linaje, y que había convertido mi propia juventud en una interminable pesadilla. Dispuesto a seguir explorando, me tanteé los bolsillos en busca de eslabón y pedernal, y encendí la antorcha de repuesto. Enseguida, la luz renacida reveló el cuerpo retorcido y achicharrado del misterioso extraño. Esos ojos espantosos estaban ahora cerrados. Desasosegado por la visión, me giré y accedí a la estancia que había al otro lado de la puerta gótica. Allí encontré lo que parecía ser el laboratorio de un alquimista. En una esquina se encontraba una inmensa pila de reluciente metal amarillo que centelleaba de forma portentosa a la luz de la antorcha. Debía de tratarse de oro, pero no me detuve a cerciorarme, ya que estaba afectado de forma extraña por la experiencia sufrida. Al fondo de la estancia había una abertura que conducía a uno de los muchos barrancos abiertos en la oscura ladera boscosa. Lleno de asombro, aunque sabedor ahora de cómo había logrado ese hombre llegar al castillo, me volví. Intenté pasar con el rostro vuelto junto a los restos de aquel extraño, pero, al acercarme, creí oírle exhalar débiles sonidos, como si la vida no hubiera escapado por completo de él. Horrorizado, me incliné para examinar la figura acurrucada y abrasada del suelo. Entonces esos horribles ojos, más oscuros que la cara quemada donde se albergaban, se abrieron para mostrar una expresión imposible de identificar. Los labios agrietados intentaron articular palabras que yo no acababa de entender. Una vez capté el nombre de Charles le Sorcier y en otra ocasión pensé que las palabras «años» y «maldición» brotaban de esa boca retorcida. A pesar de todo, no fui capaz de encontrar un significado a su habla entrecortada. Ante mi evidente ignorancia, los ojos como pozos relampaguearon una vez más malévolamente en mi contra, hasta el punto de que, inerme como veía a mi enemigo, me sentí estremecer al observarlo.

Súbitamente, aquel miserable, animado por un último rescoldo de energía, alzó su espantosa cabeza del suelo húmedo y hundido. Entonces, recuerdo que, estando yo paralizado por el miedo, recuperó la voz y con aliento agonizante vociferó las palabras que en adelante habrían de perseguirme durante todos los días y las noches de mi vida.

—¡Ignorante! —Decía a gritos—. ¿No puedes ni adivinar? ¿No tienes el entendimiento para ver la voluntad que por más de seis siglos ha mantenido la horrorosa maldición sobre tu familia? ¿Te he mencionado el elixir de la eterna juventud? ¿Sabes acaso quién desveló el secreto de la alquimia? ¡Fui yo! ¡Yo! ¡Yo! ¡El mismo que vive desde hace seiscientos años para continuar con mi venganza, yo soy Charles Le Sorcier!

Nyarlathotep

Nyarlathotep… la confusión que se arrastra… Soy el último… al oyente con disposición le contaré.

No sé realmente cuándo empezó todo; hace meses seguro. Era terrible la tensión. Después de un tiempo de problemas políticos y sociales se sumó una lamentable aprensión de un terrible peligro físico; extendido además y que tomaría todo, un peligro como solo puede ser pensado por los más terribles seres nocturnos y fantasmagóricos. Tengo en la memoria todas esas personas que deambulaban con rostros pálidos y turbados, susurrando advertencias y profecías que nadie repetía o negaban haberlas oído. Una culpa monstruosa se sentía sobre el país, y en los abismos que hay entre las estrellas soplaban corrientes desapacibles que hacían que los hombres se estremecieran en los lugares oscuros y solitarios. En la secuencia de las estaciones existía una alteración demoníaca.

El calor se prolongó durante el otoño de modo temible; y a todas las personas les parecía que el mundo, y quizás el universo, había pasado del control de los Dioses o fuerzas conocidas al de los Otros Dioses o fuerzas desconocidas.

Y fue en ese momento cuando Nyarlathotep salió de Egipto. Nadie sabía quién era; pero era de la vieja sangre nativa y tenía el aspecto de un faraón. Los *fellahin* se arrodillaban cuando lo veían, y sin embargo no sabían por qué. Él decía que había surgido de la oscuridad de veintisiete siglos, y que había oído mensajes de lugares que no estaban en este planeta. Nyarlathotep vino a los países civilizados, moreno, delgado y siniestro, siempre comprando extraños instrumentos de cristal y metal, y combinándolos para formar instrumentos aún más extraños.

Hablaba mucho de las ciencias: de electricidad y psicología, y hacía exhibiciones de poder con las que sus espectadores quedaban sin habla, pero que sin embargo aumentaron su fama hasta un grado sumo. Los hombres se aconsejaban unos a otros ir a ver a Nyarlathotep, y se estremecían. Y donde iba Nyarlathotep el descanso desaparecía, porque las horas de la madrugada eran desgarradas con los gritos de las pesadillas. Nunca antes los gritos de las pesadillas habían sido un problema público semejante; y ahora los hombres sabios casi deseaban prohibir el sueño en la madrugada, para que los alaridos de las ciudades inquietaran menos horriblemente a la pálida y lastimera luna, que brillaba con luz tenue y vacilante sobre aguas verdosas que se deslizaban bajo puentes, y viejos campanarios que se derrumbaban contra un cielo enfermizo.

Yo recuerdo cuando Nyarlathotep vino a mi ciudad, la grande, la antigua, la terrible ciudad de los crímenes innumerables. Mi amigo ya me había hablado de él, y de la irresistible fascinación y encanto de sus revelaciones, y yo deseaba ardientemente explorar sus más recónditos misterios. Mi amigo me dijo que eran horribles e impresionantes, más allá de mis más enfebrecidas imaginaciones; que habían sido proyectadas en una pantalla en la habitación a oscuras, cosas profetizadas que nadie, excepto Nyarlathotep, se había atrevido a profetizar; y que en el chisporroteo de sus chispas allí les habían quitado a los hombres lo que nunca les habían quitado antes y que solo se mostraban en sus ojos, y oí decir que en el extranjero se insinuaba que los que conocían a Nyarlathotep veían cosas que los otros no veían.

Fue en el cálido otoño cuando yo pasé una noche con las muchedumbres inquietas para ver a Nyarlathotep; toda una noche bochornosa, allá arriba de las interminables escaleras que llevaban a la sofocante habitación. Y con sus sombras proyectadas sobre una pantalla vi formas encapuchadas entre ruinas, y rostros amarillentos y malignos que atisbaban desde detrás de monumentos caídos. Y vi al mundo batallando contra la oscuridad; contra las oleadas de destrucción procedentes del espacio infinito; arremolinándose, agitándose, forcejeando en torno de un sol que se apagaba y enfriaba. Luego las chispas saltaron de forma asombrosa alrededor de las cabezas de los espectadores, y los cabellos se pusieron de punta, mientras que las sombras más grotescas que yo pueda mencionar salieron y se posaron sobre las cabezas. Y cuando yo, que era más frío y científico que el resto, musité una protesta hablando de "impostura" y de "electricidad estática", Nyarlathotep nos echó a todos fuera, por aquellas escaleras vertiginosas, abajo hacia las húmedas, cálidas y solitarias calles de la medianoche. Yo grité muy fuerte, diciendo que no tenía miedo, que nunca podría tener miedo, y otros gritaron conmigo para aliviarse. Nos juramos los unos a los otros que la ciudad era exactamente la misma, y que seguía viva; y cuando las luces eléctricas empezaron a ponerse mortecinas, maldijimos a la compañía una y otra vez, y nos reímos de las caras tan raras que poníamos.

Creo que sentí que algo descendía de la luna verdosa, porque cuando empezamos a depender de su luz, de modo involuntario formamos en cuadro y emprendimos una marcha, como si supiéramos nuestros destinos aunque no nos atreviésemos a pensar en ellos. En una ocasión miramos el pavimento y vimos que los adoquines estaban sueltos, desplazados por la hierba, con apenas algún riel de metal oxidado que mostrara por donde habían corrido los tranvías. Y de nuevo vimos un tranvía solitario, sin ventanas, estropeado, casi volcado.

Al mirar entorno al horizonte, no pudimos ver la tercera torre que había junto al río, y observamos que la silueta de la segunda torre estaba destrozada en su parte superior. Luego nos dividimos en estrechas columnas, cada una de las cuales pareció dirigirse en diferente dirección. Una desapareció en una calleja solitaria hacia la izquierda, dejando solo el eco de un gemido ahogado. Otra bajó por una entrada del metro casi tapada por los hierbajos, aullando con una risotada de loco. Mi propia columna fue chupada hacia campo abierto, y entonces sentí un escalofrío que no era propio del cálido otoño, porque cuando llegamos con paso furtivo al oscuro páramo vimos que nos rodeaba un infernal brillo lunar de nieves malignas. Nieves sin sendas, inexplicables, barridas a ambos lados en una sola dirección, donde había un torbellino de lo más negro a pesar de sus muros relucientes. La columna pareció muy fina, mientras camino pausada y penosamente, de modo soñoliento, hacia el torbellino.

Yo me quedé atrás, porque la negra grieta en la nieve iluminada de verde era horrible, y me pareció oír los ecos de un gemido inquietante conforme mis compañeros desaparecían; pero yo tenía poco poder para quedarme rezagado, y como si me hubieran llamado por señas los que se habían ido antes, medio floté entre los titánicos copos de nieve arrastrados por el viento, estremeciéndome asustado, hacia el invisible vórtice de lo inimaginable.

Sensible a mis gritos, delirando torpemente, solo los Dioses que fueron podrían explicarlo. Una sombra enfermiza y sensitiva retorciéndose en manos que no eran manos, girando ciegamente y dejando atrás medianoches espectrales de creación podrida, cadáveres de mundos muertos con llagas que fueron ciudades, vientos sepulcrales que cepillaban las pálidas estrellas y las hacían parpadear muy bajas. Más allá de los mundos, vagos fantasmas de cosas monstruosas; columnas medio entrevistas de templos no santificados que descansan en rocas sin nombre bajo el espacio, y que alcanzan hasta los vertiginosos vacíos que hay por encima de las esferas de luz y oscuridad. Y mediante este miserable despojo del universo, un desesperado y demencial batir de tambores, y el fino y repetitivo sonido de las flautas rebeldes desde las inconcebibles y sombrías cámaras que existen más allá del tiempo; el despreciable golpeteo y los silbidos aflautados allá donde bailan, lenta y torpemente, sin ningún sentido, los enormes y terribles Otros Dioses, las mudas, ciegas, y tontas gárgolas cuya alma es Nyarlathotep.

Ex Oblivione

Cuando me llegaba el fin de mis días, y los sin sentidos de la vida me hundían en la locura, como esas gotas de agua que el torturador deja caer incesante y repetidamente sobre un punto de su víctima, lograr dormir era lo más parecido a un luminoso refugio. En las ilusiones que creaba mi cabeza al dormir encontré un poco de la belleza que había buscado durante la vida, caminando por viejos jardines paradisíacos y bosques mágicos.

Una vez en que el viento era suave y fragante oí la llamada del sur, y navegué interminable y lánguidamente bajo extrañas estrellas.

Otra vez en que caía mansa la lluvia navegué tierra adentro por un río sin sol, hasta que llegué a un mundo de crepúsculo púrpura, emparrados iridiscentes y rosas imperecederas.

Y en otra ocasión, anduve por un valle dorado que conducía a umbríos bosquecillos y ruinas, y terminaba en un enorme muro verde con parras antiguas, y un pequeño acceso con puerta de bronce.

Muchas veces recorrí ese valle; y cada vez me demoraba más en él, en una media luz espectral donde los árboles gigantescos se retorcían grotescamente, y el suelo gris se extendía húmedo de tronco a tronco, dejando al descubierto sillares de templos enterrados. Y siempre la meta de mis quimeras era el muro cubierto de vid y la puerta de bronce.

Algún tiempo después, a medida que los días vigiles se iban haciendo menos soportables por monótonos y grises, vagué a menudo en hipnótica paz por el valle y por los umbríos bosquecillos; y me preguntaba cómo podría adoptar estos parajes como morada eterna, de manera que nunca más tuviese que volver a un mundo insulso y falto de interés y de colores nuevos. Y al mirar la pequeña puerta del muro poderoso, me di cuenta de que al otro lado se extendía una región de ensueño de la que, una vez que se entrara, no habría regreso.

Así que por las noches, en sueños, trataba de encontrar el cerrojo de la cancela del templo cubierto de hiedra, aunque estaba muy oculto. Y me decía que el reino del otro lado del muro no solo era más duradero, sino también más hermoso y radiante.

Luego, una noche, descubrí en la ciudad onírica de Zakarion un papiro amarillento repleto de pensamientos de los sabios que habitaban desde antiguo esa ciudad, y eran demasiado sabios para haber nacido en el mundo vigil. En él había escritas muchas cosas sobre el mundo de los sueños, entre ellas el saber sobre un valle dorado y un bosquecillo sagrado con templos, y un gran muro con una abertura cerrada por una pequeña puerta de bronce. Cuando fui consciente de esto, comprendí que se refería a los escenarios que había frecuentado; así que me enfrasqué en la lectura del papiro amarillento.

Algunos de estos sabios soñados hablaban con deslumbramiento de las maravillas del otro lado de la puerta sin retorno, si bien otros lo hacían con horror y decepción. No sabía qué creer; aunque anhelaba cada vez más entrar definitivamente en el país desconocido; porque la duda y el misterio son el más irresistible de los señuelos, y ningún nuevo horror puede ser más terrible que la tortura diaria de la vulgaridad. Así que cuando supe de una droga que abría la cancela y permitía cruzar adentro, decidí tomarla tan pronto despertase.

Anoche la tomé y, en su sueño, recorrí flotando el valle y los bosquecillos umbríos; y al llegar esta vez al muro antiguo, vi que la pequeña puerta de bronce estaba entornada. Del otro lado llegaba un resplandor que iluminaba espectralmente los árboles gigantescos y seguí desplazándome musicalmente, expectante de las glorias del país del que nunca volvería.

Sin embargo, al abrirse un poco más la puerta, y mi voluntad llevada por la droga y el sueño me empujaron por ella, supe que las glorias y visiones habían llegado a su fin; porque no había ni tierra ni mar en ese nuevo reino, sino solo el blanco vacío del espacio ilimitado y desierto. Así, más feliz de lo que podía siquiera pensar, me perdí de nuevo en esa infinitud original de olvido transparente de la que el demonio Vida me había sacado por una hora corta y solitaria.

La música de Erich Zann

He revisado con mucho cuidado varios planos de la ciudad, aunque no he vuelto a ver la Rue d'Auseil. No solo he revisado planos modernos, porque con el paso del tiempo los nombres cambian. Por eso, me he adentrado en las antigüedades del lugar y he verificado en persona todos los rincones de la ciudad, cual sea que fuera el nombre, respondiera a la calle que en otro tiempo conocí como Rue d'Auseil. A pesar de todos mis esfuerzos, ha sido frustrante que no pudiera conseguir la casa, la calle o aunque sea el distrito en donde pasé mis últimos meses de depauperada vida como estudiante de metafísica en la universidad, y escuché la música de Erich Zann.

Que me falle la memoria no me sorprende lo más mínimo, pues mi salud, tanto física como mental, se vio gravemente trastornada durante el período de mi estancia en la Rue d'Auseil y no recuerdo haber llevado allí a ninguna de mis escasas amistades. Pero que no pueda volver a encontrar el lugar resulta extraño a la vez que me deja perplejo, pues estaba a menos de media hora andando de la universidad y se distinguía por unos rasgos característicos que difícilmente podría olvidar quien hubiese pasado por allí. Lo cierto es que jamás he encontrado a nadie que haya estado en la Rue d'Auseil.

La Rue d'Auseil quedaba al otro lado de un oscuro río bordeado de empinados almacenes de ladrillo con los cristales de las ventanas empañados, y se accedía a ella por un macizo puente de piedra ennegrecida. Estaba siempre lóbrego el curso de aquel río, como si el humo procedente de las fábricas vecinas impidiera el paso de los rayos del sol a perpetuidad. Las aguas despedían, asimismo, un hedor que no he vuelto a percibir en ninguna otra parte y que quizás algún día me ayude a dar con el lugar que busco, pues estoy seguro de que reconocería ese olor al instante. Al otro lado del puente podían verse una serie de calles adoquinadas y con raíles; luego venía la subida, gradual al principio, pero de una pendiente increíble a la altura de la Rue d'Auseil.

Jamás he visto una calle tan angosta y empinada como la Rue d'Auseil. Cerrada a la circulación rodada, casi era un precipicio consistente en algunos lugares en tramos de escaleras que culminaban en la cresta en un impresionante muro cubierto de hiedra. El pavimento era irregular: unas veces losas de piedra, otras adoquines y a veces pura y simple tierra con incrustaciones de vegetación de un color verdoso y grisáceo. Las casas altas, con los tejados rematados en pico, increíblemente antiguas y estaban inclinadas a la buena de Dios hacia delante o hacia un lado. De vez en cuando podían verse dos casas con las fachadas frente por frente e inclinadas hacia delante, hasta el punto de formar casi un arco en medio de la calle; lógicamente, apenas llegaba luz al suelo que había debajo de ellas. Entre las casas de uno y otro lado de la calle había unos cuantos puentes elevados.

Los vecinos de aquella calle me producían una extraña impresión. Al principio pensé que era debido a su natural silencioso y taciturno, pero luego lo atribuí al hecho de que todos allí eran ancianos. No sé cómo pude ir a parar a semejante calle, pero no fui yo ni mucho menos el único que se mudó a vivir a aquel lugar. Había vivido en muchos sitios destartalados, de los que siempre me había visto desalojado por no poder pagar la renta, hasta que finalmente un día me di de bruces con aquella casa medio en ruinas de la Rue d'Auseil que guardaba un paralítico llamado Blandot. Era la tercera casa según se miraba desde la parte superior de la calle, y la más alta de todas con diferencia.

Mi habitación estaba en el quinto piso. Era la única habitada en aquella planta, pues la casa estaba prácticamente vacía. La noche de mi llegada oí una música extraña procedente de la buhardilla que tenía justo encima, y al día siguiente inquirí al viejo Blandot por el intérprete de aquella música. Me dijo que la persona en cuestión era un anciano violinista de origen alemán, un hombre mudo y un tanto extraño, que firmaba con el nombre de Erich Zann y que por las noches tocaba en una orquestilla teatral. Y añadió que la afición de Zann a tocar por la noches a la vuelta del teatro era el motivo que le había llevado a instalarse en aquella alta y solitaria habitación abuhardillada, cuya ventana de gablete era el único punto de la calle desde el que podía divisarse el final del muro en declive y la panorámica que se ofrecía del otro lado del mismo.

En adelante no hubo noche que no oyera a Zann, y, aunque su música me mantenía despierto, había algo extraño en ella que me turbaba. A pesar de ser yo un escaso conocedor de aquel arte, estaba convencido de que ninguna de sus armonías tenía nada que ver con la música que había oído hasta entonces, de lo que deduje que tenía que tratarse de un compositor de singular talento. Cuanto más la escuchaba más me atraía aquella música, hasta que al cabo de una semana decidí darme a conocer a aquel anciano.

Una noche, cuando Zann regresaba del trabajo, le salí al paso del rellano de la escalera y le dije que me gustaría conocerlo y acompañarlo mientras tocaba. Era pequeño de estatura, delgado y andaba algo encorvado, con la ropa desgastada, ojos azules, una expresión entre grotesca y satírica y prácticamente calvo. Su reacción ante mis primeras palabras fue violenta a la vez que temerosa. Con todo, el talante amistoso de mis maneras acabó por aplacarlo, y a regañadientes me hizo señas para que lo siguiera por la oscura, agrietada y desvencijada escalera que llevaba a la buhardilla. Su habitación, una de las dos que había en aquella buhardilla de techo inclinado, estaba orientada al oeste, hacia el muro que formaba el extremo superior de la calle. Era de grandes dimensiones, y aun parecía mayor por la total desnudez y abandono en que se encontraba. Por todo mobiliario había una delgada armadura metálica de cama, un deslustrado lavamanos, una mesita, una gran estantería, un atril y tres anticuadas sillas. Apiladas en desorden por el suelo se veían multitud de partituras. Las paredes eran de tableros desnudos, y lo más probable es que no hubieran sido revocadas en la vida; por otro lado, la abundancia de polvo y telarañas por doquier hacían que el lugar pareciese más abandonado que habitado. En suma, el bello mundo de Erich Zann debía sin duda encontrarse en algún remoto cosmos de su imaginación.

Indicándome por señas que tomara asiento, mi anciano y mudo vecino cerró la puerta, echó el gran cerrojo de madera y encendió una vela para aumentar la luz de la que ya portaba consigo. A continuación, sacó el violín de la apolillada funda y, cogiéndolo entre las manos, se sentó en la menos incómoda de las sillas. No utilizó para nada el atril, pero, sin darme opción y tocando de memoria, me deleitó por espacio de más de una hora con melodías que sin duda debían ser creación suya. Tratar de describir su exacta naturaleza es prácticamente imposible para alguien no versado en música. Era una especie de fuga, con pasajes reiterados verdaderamente embriagadores, pero en especial para mí por la ausencia de las extrañas notas que había oído en anteriores ocasiones desde mi habitación.

Aquellas obsesivas notas no se me iban de la cabeza, e incluso a menudo las tarareaba y silbaba para mis adentros aunque sin gran precisión, así que cuando el solista depuso finalmente el arco le rogué que me las interpretara. Nada más oír mis primeras palabras aquella arrugada y grotesca faz perdió la expresión benigna y ausente que había tenido durante toda la interpretación, y pareció mostrar la misma curiosa mezcolanza de ira y temor que cuando lo abordé por vez primera. Por un momento intenté recurrir a la persuasión, disculpando los caprichos propios de la senilidad; hasta traté de despertar los exaltados ánimos de mi anfitrión silbando unos acordes de la melodía escuchada la noche precedente. Pero al instante hube de interrumpir mis silbidos, pues cuando el músico mudo reconoció la tonada su rostro se contorsionó de repente adquiriendo una expresión imposible de describir, al tiempo que alzaba su larga, fría y huesuda mano instándome a callar y no seguir la burda imitación. Y al hacerlo demostró una vez más su rareza, pues echó una mirada expectante hacia la única ventana con cortinas, como si temiera la presencia de algún intruso; una mirada doblemente absurda pues la buhardilla estaba muy por encima del resto de los tejados adyacentes, lo que la hacía prácticamente inaccesible, y además, por lo que había dicho el portero, la ventana era el único punto de la empinada calle desde el que podía verse la cumbre por encima del muro.

La mirada del anciano me hizo recordar la observación de Blandot, y de repente se me antojó satisfacer mi deseo de contemplar la amplia y vertiginosa panorámica de los tejados a la luz de la luna y las luces de la ciudad que se extendían más allá de la cumbre, algo que de entre todos los moradores de la Rue d'Auseil solo le era dado ver a aquel músico de avinagrado carácter. Me acerqué a la ventana y estaba ya a punto de correr las indescriptibles cortinas cuando, con una violencia y terror aún mayores de los que hasta entonces había hecho gala, mi mudo vecino se abalanzó de nuevo sobre mí, esta vez indicándome con gestos de la cabeza la dirección de la puerta y esforzándose agitadamente por alejarme de allí con ambas manos. Ahora, decididamente enfadado con mi vecino, le ordené que me soltara, que no pensaba permanecer allí ni un momento más. Viendo lo agraviado y disgustado que estaba, me soltó a la vez que su ira remitía. Al momento, volvió a agarrarme con fuerza, pero esta vez en tono amistoso, y me hizo sentarme en una silla; luego, con aire meditabundo, se acercó a la desordenada mesa, cogió un lápiz y se puso a escribir en un francés forzado, propio de un extranjero.

La nota que finalmente me extendió era una súplica en la que reclamaba tolerancia y perdón. En ella, Zann decía ser un solitario anciano afligido por extraños temores y trastornos nerviosos relacionados con su música, amén de otros problemas. Le encantaba que escuchara su música, y deseaba que volviera más noches y no le tomara en cuenta sus rarezas. Pero no podía tocar para otros sus extraños acordes ni tampoco soportar que los oyeran; asimismo, tampoco podía aguantar que otros tocaran en su habitación. No había sabido, hasta nuestra conversación en el rellano de la escalera, que desde mi habitación podía oír su música, y me rogaba encarecidamente que hablase con Blandot para que me diera una habitación en un piso más bajo donde no pudiera oírlo por la noche. Cualquier diferencia en el precio del alquiler correría de su cuenta.

Mientras intentaba descifrar el execrable francés de aquella nota, mi compasión hacia aquel pobre hombre no hacía más que crecer. Era, al igual que yo, víctima de trastornos físicos y nerviosos, y mis estudios de metafísica me habían enseñado que en tales casos se requería compresión más que nada. En medio de aquel silencio se oyó un ligero ruido procedente de la ventana; el viento nocturno debió hacer resonar la persiana, y por alguna razón que se me escapaba di un respingo casi tan brusco como el de Erich Zann. Cuando terminé de leer la nota, le di la mano a mi vecino y salí de allí en calidad de amigo suyo.

Al día siguiente Blandot me dio una habitación algo más cara en el tercer piso, situado entre la pieza de un anciano prestamista y la de un honrado tapicero. El cuarto piso no estaba habitado por nadie.

No tardé en darme cuenta de que el interés mostrado por Zann en que le hiciera compañía no era lo que creí entender cuando me persuadió a mudarme del quinto piso. Nunca me llamó para que fuera a verlo, y cuando lo hacía parecía encontrarse a disgusto y tocaba con desgana. Las veladas siempre tenían lugar de noche, pues durante el día dormía y no admitía visitas. Mi afecto hacia él no aumentó, aunque parecía como si aquella buhardilla y la extraña música que tocaba mi vecino ejercieran una extraña fascinación sobre mí. No se me había ido de la cabeza el indiscreto deseo de mirar por aquella ventana y ver qué había por encima del muro y abajo, en la invisible pendiente con los rutilantes tejados y chapiteles que debían divisarse desde allí. En cierta ocasión subí a la buhardilla en horas de teatro, mientras Zann estaba fuera, pero la puerta tenía echado el cerrojo. Para lo que sí me las arreglé, en cambio, fue para oír las interpretaciones nocturnas de aquel anciano mudo. Al principio, iba de puntillas hasta mi antiguo quinto piso, y con el tiempo me atreví incluso a subir el último y chirriante tramo de la escalera que llevaba hasta la buhardilla. Allí, en el angosto rellano, al otro lado de la atrancada puerta que tenía el agujero de la cerradura tapado, pude oír con relativa frecuencia sonidos que me embargaron con un indefinible temor, ese temor a algo impreciso y misterioso que se cierne sobre uno. No es que los sonidos fuesen espantosos, pues ciertamente no lo eran, sino que sus vibraciones no guardaban parangón alguno con nada de este mundo, y a intervalos adquirían una calidad sinfónica que difícilmente podría imaginarme proviniese de un solo músico. No había duda, Erich Zann era un genio de irresistible talento. A medida que pasaban las semanas las interpretaciones fueron adquiriendo un ritmo más frenético, y el semblante del anciano músico fue tomando un aspecto cada vez más demacrado y huraño digno de la mayor compasión. Ya no me dejaba pasar a verlo, fuese cual fuese la hora a que llamara, y me rehuía siempre que nos encontrábamos en la escalera.

Una noche, mientras escuchaba desde la puerta, oí al chirriante violín dilatarse hasta producir una caótica babel de sonidos, un pandemonio que me habría hecho dudar de mi propio juicio si desde el otro lado de la atrancada puerta no me hubiera llegado una lastimera prueba de que el horror era auténtico: el espantoso e inarticulado grito que solo la garganta de un mudo puede emitir, y que solo se alza en los momentos en que la angustia y el miedo son más irresistibles. Golpeé repetidas veces en la puerta, pero no percibí respuesta. Luego, aguardé en el oscuro rellano, temblando de frío y miedo, hasta que oí los débiles esfuerzos del desventurado músico por incorporarse del suelo con ayuda de una silla. Creyendo que recuperaba el sentido tras haber sufrido un desmayo, renové mis golpes al tiempo que profería en voz alta mi nombre con objeto de tranquilizarle. Oí a Zann tambaleándose hasta llegar a la ventana y cerrar las cortinas y el bastidor, y luego dirigirse dando traspiés hacia la puerta, que abrió de forma vacilante para dejarme paso. Esta vez saltaba a la vista que estaba encantado de tenerme a su lado, pues su descompuesta cara resplandecía de alivio mientras me agarraba del abrigo, como haría un niño de las faldas de su madre.

Presa de patéticos temblores, el anciano me hizo sentarme en una silla mientras él se dejaba caer en otra, junto a la que se encontraban tirados por el suelo el violín y el arco. Durante algún tiempo permaneció inactivo, haciendo extrañas inclinaciones de cabeza, pero dando la paradójica impresión de escuchar intensa y temerosamente. A continuación, pareció recobrar el ánimo, y sentándose en una silla junto a la mesa escribió una breve nota, me la entregó y volvió a la mesa, poniéndose a escribir frenética e incesantemente. En la nota me imploraba que, por compasión hacia él y si quería satisfacer mi curiosidad, no me levantara de donde estaba hasta que él acabase de redactar un exhaustivo informe en alemán sobre los prodigios y temores que le asediaban. En vista de ello, permanecí allí sentado mientras el lápiz del anciano mudo corría sobre el papel.

Ya había pasado una hora, y yo aún estaba allí esperando mientras el anciano músico proseguía escribiendo febrilmente y las hojas se apilaban unas sobre otras, cuando, de repente, Zann dio un respingo como si hubiera recibido una fuerte sacudida. No cabía error; sus ojos miraban a la ventana con la cortina echada y escuchaba en medio de grandes temblores. Luego, creí oír un sonido, esta vez no era horrible sino que, muy al contrario, se asemejaba a una nota musical extraordinariamente baja e infinitamente lejana, como si procediera de algún músico que habitase en alguna de las casas próximas o en una vivienda al otro lado del imponente muro por encima del cual nunca conseguí mirar. El efecto que le produjo a Zann fue terrible, pues, soltando el lápiz, se levantó al instante, cogió el violín entre las manos y se puso a desgarrar la noche con la más frenética interpretación que había oído salir de su arco, a excepción de cuando lo escuchaba del otro lado de la atrancada puerta.

Sería inútil intentar describir lo que tocó Erich Zann aquella espantosa noche. Era infinitamente más horrible que todo lo que había oído hasta entonces, pues ahora podía ver la expresión dibujada en su rostro y podía advertir que en esta ocasión el motivo era el temor llevado a su máxima expresión. Trataba de emitir un ruido con el fin de alejar, o acallar algo, qué exactamente no sabría decir, pero en cualquier caso tenía que tratarse de algo pavoroso. La interpretación alcanzó caracteres fantásticos, histéricos, de auténtico delirio, pero sin perder ni una sola de aquellas cualidades de magistral genio de que estaba dotado aquel singular anciano. Reconocí la melodía —una frenética danza húngara que se había hecho popular en los medios teatrales—, y durante unos segundos reflexioné que aquella era la primera vez que oía a Zann interpretar una composición de otro autor.

Más alto cada vez, más frenéticamente a cada momento, ascendía el chirriante y lastimero alarido de aquel desesperado violín. El solista emitía unos ruidos extraños al respirar y se contorsionaba como si fuese un mono, sin dejar de mirar temerosamente a la ventana con la cortina echada. En aquellos frenéticos acordes creía ver sombríos faunos y bacantes que bailaban y giraban como posesos en abismos desbordantes de nubes, humo y relámpagos. Y luego me pareció oír una nota más estridente y prolongada que no procedía del violín; una nota pausada, deliberada, intencional y burlona que venía de algún lejano lugar en dirección oeste.

En este trance, la persiana comenzó a batir con fuerza debido a un viento nocturno que se había levantado en el exterior, como si fuese en respuesta a la furiosa música que se oía dentro. El chirriante violín de Zann se superó a sí mismo y se lanzó a emitir sonidos que jamás pensé que pudieran salir de las cuerdas de un violín. La persiana trepidó con más fuerza, se soltó y comenzó a golpear con estrépito la ventana. Como consecuencia de los persistentes impactos en su superficie el cristal se hizo añicos, dejando entrar una bocanada de aire frío que hizo chisporrotear la llama de las velas y crujir las hojas de papel que había sobre la mesa en que Zann intentaba poner por escrito su abominable secreto. Eché una mirada a Zann y comprobé que estaba totalmente absorto en su tarea. Sus ojos estaban inflamados, vidriosos y ausentes, y la frenética música había acabado transformándose en una orgía desenfrenada e irreconociblemente automática que ninguna pluma podría siquiera intentar describir.

Una repentina bocanada, más fuerte que las anteriores, arrebató el manuscrito y se lo llevó hacia la ventana. Preso de la desesperación, me lancé tras las cuartillas que volaban por la habitación, pero ya se las había llevado el viento antes de conseguir llegar yo a las abatidas hojas de la ventana. En aquel momento recordé mi deseo aún insatisfecho de mirar desde aquella ventana, la única de la Rue d'Auseil desde la que podía verse la ladera que había al otro lado del muro y la urbe extendida a sus pies. La oscuridad era total, pero las luces de la ciudad estaban continuamente encendidas de noche por lo que esperaba poder verlas por entre la cortina de lluvia y viento. Pero cuando miré desde la ventana más alta de la buhardilla, mientras las velas seguían chisporroteando y el enajenado violín competía con los aullidos del viento nocturno, no vi ciudad alguna debajo de mí ni percibí el resplandor de ninguna luz cordial procedente de calles conocidas, sino únicamente la oscuridad del espacio sin límites, un espacio lleno de música y movimiento, sin parecido alguno con ningún otro rincón de la tierra. Y mientras permanecía allí de pie contemplando con espanto aquel inimaginable espectáculo, el viento apagó las dos velas que iluminaban aquella vieja buhardilla, sumiéndolo todo en la más brutal e impenetrable oscuridad. Ante mí no tenía sino el caos y el pandemonio más absoluto; a mi espalda, la endiablada enajenación de aquellos nocturnales desgarros de las cuerdas de violín.

A tambaleos, volví al oscuro interior de la habitación. Sin poder encender una cerilla, derribé una silla y, finalmente, me abrí paso a tientas hasta el lugar de donde provenían los gritos y aquella increíble música. Debía tratar de escapar de aquel lugar en compañía de Erich Zann, cualesquiera que fuesen las fuerzas que hubiera de vencer. En cierto momento me pareció como si algo frío me rozara y lancé un grito de espanto, pero este fue sofocado por la música que salía de aquel horrible violín. De repente, en medio de aquella oscuridad total me rozó el arco que no cesaba de rasgar violentamente las cuerdas, con lo que pude advertir que me encontraba cerca del músico. Tanteé con las manos hasta tocar el respaldo de la silla de Zann, seguidamente, palpé y agité su hombro en un intento de hacerlo volver a sus cabales.

Pero Zann no dio respuesta, y, mientras, el violín seguía chirriando sin mostrar la menor intención de parar. Puse la mano sobre su cabeza, logrando detener su mecánica inclinación y le grité al oído que debíamos escaparnos los dos de aquellos ignotos misterios que acechaban en la noche. Pero ni percibí respuesta ni Zann redujo el frenesí de su indescriptible música. Entre tanto, extrañas corrientes de aire parecían correr de un extremo a otro de la buhardilla en medio de la oscuridad y el desorden reinantes. Un escalofrío me recorrió el cuerpo cuando le pasé la mano por el oído, aunque no sabría bien decir por qué… no lo supe hasta que no palpé su cara inmóvil, aquella cara helada, tersa, sin la menor señal de respiración, cuyos vidriosos ojos sobresalían inútilmente en el vacío. Y acto seguido, tras encontrar milagrosamente la puerta y el gran cerrojo de madera, me alejé a toda prisa de aquel ser de vidriosos ojos que habitaba en la oscuridad y de los horribles acordes de aquel maldito violín cuya furia incluso aumentó tras mi precipitada salida de aquella estancia.

Salté, conservé el equilibrio, descendí volando las interminables escaleras de aquella tenebrosa casa; me lancé a correr sin rumbo fijo por la angosta, empinada y antigua calle de escalones y desvencijadas casas. Como una exhalación descendí las escaleras y salté por encima del adoquinado pavimento, hasta llegar a las calles de la parte baja y al hediondo y encajonado río; resollando, crucé el gran puente oscuro que conduce a las amplias y saludables calles y bulevares que todos conocemos... todas ellas son terribles impresiones que me acompañarán donde quiera que vaya. Aquella noche, recuerdo, no había viento ni brillaba la luna, y todas las luces de la ciudad resplandecían.

A pesar de mis esmeradas búsquedas e indagaciones, no pude volver a conseguir la Rue d'Auseil. Aunque tampoco es que lo sienta en demasía, quizá por esto o por la pérdida en los infinitos laberintos de aquellas hojas con apretada letra que solamente la música de Erich Zann podría haber dado explicación.

El libro (Fragmento)

Lo que recuerdo está muy entremezclado, a duras penas puedo atinar a decir cómo empezó todo; pareciera que, por instantes, solo tengo vagas ideas de lo que he vivido en estos años, y otras veces parece que el día a día se disuelve en un momento dado dentro de un sinsentido infinito. No sé ni cómo explicar lo que pasó. Cada vez que hablo, tengo el presentimiento de que necesitaré algún recurso o argumento raro y, posiblemente, terrible. Mi propio ser parece desvanecerse. Es como si estuviera ausente desde una gran turbación producida, quizá, por algún momento terrible de entre todos los hechos que me acontecieron.

Estos vaivenes de experiencia tienen inicio en aquel libro carcomido. Recuerdo el lugar donde lo encontré; apenas estaba iluminado, escondido al lado del río cubierto de brumas por donde fluyen unas aguas negras y aceitosas. El edificio tenía muchos años ya, las enormes estanterías atesoraban cientos de libros decrépitos que se acumulaban sin fin en habitaciones y corredores sin ventanas. Había, también, masas informes de volúmenes amontonados descuidadamente por el suelo; y fue en uno de estos montones donde encontré el tomo. En un principio no sabía cómo se titulaba ya que le faltaban las primeras páginas; pero lo abrí por el final y vi algo que enseguida llamó mi atención.

Había una especie de fórmula —como una pequeña lista de cosas que hacer y decir— que sonaban como algo oscuro y prohibido; pero seguí leyendo y descubrí ciertos párrafos en los que se mezclaban la fascinación y la repulsión, ocultos en las amarillentas páginas, antiguas y extrañas, poseedoras de los secretos del universo que yo ansiaba conocer. Era una llave —una guía— a ciertas puertas y entradas que los magos habían soñado y musitado cuando el hombre era joven, y que conducían a lugares más allá de las tres dimensiones conocidas, a regiones de extrañas vidas y materias. Durante años los hombres no habían sabido reconocer su esencia vital, ni sabían dónde encontrarla, pero el libro era realmente antiguo, no estaba impreso; había sido escrito por la mano de algún monje loco que había comunicado a aquellas palabras latinas ciertos conocimientos prohibidos de horripilante antigüedad.

Recuerdo que el anciano vendedor temblaba de miedo, e hizo un curioso gesto con sus manos cuando me lo llevé. Se negó a aceptar dinero por el libro, pero hasta mucho después no descubrí el porqué. Mientras me escurría por los estrechos callejones portuarios, laberintos cubiertos de bruma, tenía la vaga sensación de ser seguido por unos pies invisibles que se arrastraban tras de mí. Las casas decrépitas y antiguas que se erguían a mi alrededor parecían animadas de una vida malsana, como si una ráfaga de maligno entendimiento las hubiese animado. Sentía como si aquellas abombadas paredes y buhardillas, hechas de ladrillo y cubiertas de musgo —con redondas ventanas que parecían espiarme—, tratasen de cerrarme el paso y aplastarme... aunque solo había leído una pequeña porción de los oscuros secretos que contenía el libro, antes de cerrarlo y salir con él bajo el brazo.

Recuerdo la gran ansiedad con que leí el libro, pálido, encerrado en la habitación del ático que me servía de refugio en mis extraños descubrimientos. La enorme casona permanecía caldeada, pues había salido pasada la medianoche. Creo que vivía con algún familiar —aunque los detalles son inciertos— y sé que tenía muchos sirvientes. No sé exactamente qué año era; desde entonces he conocido muchas edades y dimensiones, y mi noción del tiempo ha terminado por desvanecerse. Estuve leyendo a la luz de las velas —recuerdo el incesante gotear de la cera derretida—, y mientras me llegaba el sonido de lejanas campanas que tañían de cuando en cuando. Prestaba una atención especial al sonido de aquellas campanas, como si temiera escuchar algo muy lejano, un son extraño y especial.

Y entonces se produjo una especie de golpear y arañar en la ventana abuhardillada que se abría sobre un laberinto de tejadillos. Sucedió nada más acabar de pronunciar en voz alta el noveno verso de un conjuro primordial, y supe, aterrorizado, cuál era su significado. Pues aquel que atraviesa el umbral siempre lleva una sombra consigo, y ya nunca vuelve a estar solo. Yo la había evocado; el libro era realmente todo lo que había sospechado. Aquella noche atravesé la puerta que conduce a un abismo de tiempo y dimensiones cruzadas, y cuando el amanecer me sorprendió en el ático descubrí en las paredes y anaqueles de la habitación aquello que nunca antes había visto.

Desde entonces el mundo no era para mí lo mismo que antes. Mezclado con el presente, siempre había un poco del pasado y un poco del futuro, y todos los objetos que alguna vez me parecieron familiares me resultaban ahora extraños bajo la nueva perspectiva que tenían mis enfebrecidos ojos. Desde aquel momento me vi envuelto en un fantástico sueño poblado de formas desconocidas y medio recordadas, y cada vez que cruzaba un nuevo umbral me costaba más reconocer los objetos de la estrecha esfera a la que tanto tiempo había pertenecido. Lo que descubrí sobre mi propio yo, nadie puede saberlo; cada vez hablaba menos y permanecía más tiempo solo, y la locura rondaba mi alrededor. Los perros me rehuían, pues captaban la sombra que me acompañaba. Pero seguí leyendo, adentrándome en libros ocultos y prohibidos, en manuscritos y fórmulas que ahora ansiaba conocer, y atravesaba puertas espaciales y existencias y regiones que se abren más allá del universo conocido.

Tengo muy claro en el recuerdo la noche que tracé los cinco círculos concéntricos de fuego en el suelo, y canté, erguido en el círculo central, aquella monstruosa letanía que invocaba al mensajero de Tartaria. Las paredes se difuminaron mientras era arrastrado por un tenebroso viento a través de abismos fantasmagóricos y grises, en los que relucían, a infinidad de metros por debajo de mí, los picos crueles de desconocidas montañas. Después hubo un momento de total oscuridad y luego la luz de millones de estrellas que dibujaban extrañas constelaciones. Por fin descubrí una verdosa llanura en la lejanía, debajo de mí, y vislumbré las empinadas torres de una ciudad cuya mampostería es totalmente ajena a la tierra. Según me iba acercando a la ciudad, distinguí un enorme edificio hecho a base de piedras en mitad de un paraje desolado, y sentí que el miedo se apoderaba de mí, atenazándome. Grité, debatiéndome aterrorizado y, después de un lapsus de oscuridad, me encontré de nuevo en mi buhardilla, tirado en el suelo sobre los cinco círculos concéntricos de fuego. El proceder de esa noche no había sido más increíble que el de muchas otras; pero sí la de más terror por haberme sentido más cerca que nunca a esos mundos exteriores y sus precipicios. Desde ese momento fue necesario ser más cuidadoso con mis conjuros, no quería perder mi conciencia, ausentarme de mi corporeidad, ni de la realidad del mundo, vagando por derroteros inhóspitos de los que tal vez no sabría volver más...

La llave de plata

Fue al llegar a los treinta años cuando Randolph Carter extravió la llave de la puerta de los sueños. En otros momentos había combinado lo insípido de los días con travesías de noche a raras y viejas ciudades situadas más allá de lo conocido, y a impresionantes y hermosas tierras en medio de mares etéreos. Pero cuando maduró sentía que estaba perdiendo esa posibilidad de perderse entre sus pensamientos, hasta que llegó un momento en que ya fue imposible hacerlo. Ya no podían lanzarse a la mar con sus galeras para remontar el río Oukranos, hasta más allá de las doradas agujas de campanario de Thran, tampoco vagar sus caravanas de elefantes a través de las agradables selvas de Kled, donde duermen bajo la luna, guapos e infinitos, unos palacios de veteadas columnas de marfil. Había conocido mucho de la realidad en las lecturas, y tenido muchas conversaciones con personas muy variopintas.

Los filósofos, le habían enseñado con la mejor de las intenciones a mirar las cosas en sus mutuas relaciones lógicas, y a analizar los procesos que originaban sus pensamientos y sus desvaríos. Se había esfumado el encanto, y había olvidado que toda la vida no es más que un conjunto de imágenes existentes en nuestro cerebro, sin que se dé diferencia alguna entre las que nacen de las cosas reales y las que nacen por sueños que solo tienen lugar en la intimidad, ni ningún motivo para considerar las unas por encima de las otras. La costumbre le había saturado los oídos con un respeto supersticioso por todo lo que es tangible y existe físicamente. Los sabios le habían dicho que sus ingenuas figuraciones eran insulsas y pueriles, y más absurdas aún, puesto que los soñadores se empecinan en considerarlas llenas de sentido e intención, mientras el ciego universo va dando vueltas sin objeto, de la nada a las cosas, y de las cosas a la nada otra vez, sin preocuparse ni interesarse por la existencia ni por las súplicas de unos espíritus fugaces que brillan y se consumen como una chispa efímera en la oscuridad. Le habían encadenado a las cosas de la realidad, y luego le habían explicado el funcionamiento de esas cosas, hasta que todo misterio era inexistente.

Se lamentó y sintió unos deseos urgentes de escapar a las regiones crepusculares donde la magia afinaba hasta los más pequeños detalles de la vida, y convertía sus meras asociaciones mentales en paisaje de asombrosa e inextinguible delicia, le encauzaron en cambio hacia los últimos prodigios de la ciencia, invitándole a descubrir lo maravilloso en los vórtices del átomo y el misterio en las dimensiones del cielo. Y cuando fracasó, y no encontró lo que buscaba en un terreno donde todo era conocido y susceptible de medida según leyes concretas, le dijeron que le faltaba imaginación y que no estaba maduro todavía, ya que veía con mejores ojos la ilusión de los sueños al mundo de nuestra creación física. De esta forma, Carter había intentado hacer lo que los demás, esforzándose por convencerse de que los sucesos y las emociones de la vida común eran más importantes que las fantasías de los espíritus más exquisitos y delicados. Admitió, cuando se lo dijeron, que el dolor animal de un cerdo apaleado, o de un labrador dispéptico de la vida real, es más importante que la incomparable belleza de Narath, la ciudad de las cien puertas labradas, con sus cúpulas de calcedonia, que él recordaba difusamente entre sus sueños; y bajo la dirección de tan sabios caballeros fomentó laboriosamente su sentido de la compasión y de la desgracia. Por momentos, no obstante, le resultaba inevitable considerar cuán mundanos, veleidosas y carentes de sentido eran todas las aspiraciones humanas, y cuán contradictoriamente contrastaban los impulsos de nuestra vida real con los pomposos ideales que aquellos dignos señores proclamaban defender. Otras veces miraba con ironía los principios con los cuales le habían enseñado a combatir la extravagancia y artificiosidad de los sueños; porque él veía que la vida diaria de nuestro mundo es en todo igual de extravagante y artificiosa, y muchísimo menos valiosa a este respecto, debido a su escasa belleza y a su estúpida obstinación en no querer admitir su propia falta de razones y propósitos. Fue así como se fue convirtiendo en una especie de amargo humorista, sin darse cuenta de que incluso el humor carece de sentido en un universo vacío y privado de cualquier tipo de originalidad.

En los primeros instantes de esta servidumbre, se resguardó en la fe mansa y santurrona que sus padres le habían inculcado con ingenua confianza, ya que le pareció que de ella nacían místicos caminos que le ofrecían alguna posibilidad de evadirse de esta vida. Solo una observación más cuidada le hizo comprender la falta de fantasía y de belleza, la rancia y prosaica vulgaridad, la gravedad de lechuza y las grotescas pretensiones de inquebrantable fe que reinaban de manera aplastante y opresiva entre la mayor parte de quienes la profesaban; o le hizo palpar totalmente la torpeza con que trataban de mantenerla viva, como si aún fuera el intento de una raza primordial por combatir los terrores de lo desconocido. A Carter le daba mucho tedio la solemnidad con que la gente trataba de interpretar la realidad terrenal a partir de viejos mitos, que a cada paso eran refutados por su propia ciencia jactanciosa. Y esta seriedad siempre fuera de lugar mató el interés que podía haber sentido por las antiguas creencias, de haberse limitado a ofrecer ritos sonoros y expansiones emocionales con su auténtico significado de pura fantasía. Pero cuando comenzó a estudiar a los filósofos que habían derribado los viejos mitos, los encontró aún más detestables que quienes los habían respetado. No sabían esos pensadores filósofos que la belleza estriba en la armonía, y que el encanto de la vida no obedece a regla alguna en este cosmos sin objeto, sino únicamente a su consonancia con los sueños y los sentimientos que han modelado ciegamente nuestras pequeñas esferas a partir del caos. No veían que el bien y el mal, y la felicidad y la belleza, son únicamente productos ornamentales de nuestro punto de vista, que su único valor reside en su relación con lo que por azar pensaron y sintieron nuestros padres; y que sus características, aun las más sutiles, son diferentes en cada raza y en cada cultura. En cambio, negaban todas estas cosas rotundamente, o las explicaban mediante los instintos vagos y primitivos que todos compartimos con las bestias y los patanes; de este modo, sus vidas se arrastraban penosamente por el dolor, la fealdad y el desequilibrio; aunque, eso sí, henchidas del ridículo orgullo de haber escapado de un mundo que en realidad no era menos sólido que el que ahora les sostenía. Solamente habían cambiado los falsos dioses del temor y de la fe ciega por los de la licencia y de la anarquía.

A Carter no le gustaban en demasía estas modernas libertades, porque resultaban mezquinas e inmundas a su espíritu amante de la belleza única; por otro lado, su razón se rebelaba contra la lógica endeble mediante la cual sus paladines pretendían adornar los brutales impulsos humanos con la santidad arrebatada a los ídolos que acababan de deponer. Veía que la mayoría de la gente, como el mismo clero desacreditado, seguía sin poder entregarse a la ilusión de que la vida tiene un sentido distinto del que los hombres le atribuyen, ni establecer una diferencia entre las nociones de ética y belleza, aun cuando, según sus descubrimientos científicos, toda la naturaleza proclama a los cuatro vientos su irracionalidad y su impersonal amoralidad. Predispuestos y fanáticos por las ilusiones preconcebidas de justicia, libertad y conformismo, habían dejado a un lado el antiguo saber, las antiguas vías y las antiguas creencias; y jamás se habían parado a pensar que ese saber y esas vías seguían siendo la única base de los pensamientos y de los criterios actuales, los únicos guías y las únicas normas de un universo que no tiene sentido, de objetivos estables y de hitos fijos. Una vez sin estos marcos artificiales de referencia, sus vidas quedaron privadas de rumbo y de importancia, hasta que finalmente tuvieron que ahogar el tedio en el bullicio y en la pretendida utilidad de las prisas, en el aturdimiento y en la excitación, en bárbaras expansiones y en placeres bestiales. Y cuando se hallaron hartos de todo esto, o decepcionados, o la náusea les hizo reaccionar, entonces se entregaron a la ironía y a la mordacidad, y echaron la culpa de todo al orden social. Nunca lograron darse cuenta de que sus principios eran tan inestables y contradictorios como los dioses de sus mayores, ni de que la satisfacción de un momento es la ruina del próximo. La belleza serena y duradera solo se halla en los sueños; pero este consuelo ha sido rechazado por el mundo cuando, en su adoración de lo real. Arrojó de sí los secretos de la infancia. En medio de este caos de falsedades e inquietudes, Carter intentó vivir como correspondía a un hombre digno, de sentido común y buena crianza.

Cuando sus sueños fueron menguando por la edad y su sentido del ridículo, no los pudo cambiar por ninguna creencia; pero su amor por la armonía le impidió apartarse de los senderos propios de su raza y condición. Andaba impasible por las ciudades de los hombres, y suspiraba porque ningún escenario le parecía del todo real, porque cada vez que veía los rojos destellos del sol reflejados en los altos tejados, o las primeras luces del anochecer en las plazoletas solitarias, recordaba los sueños que había vivido de niño, y añoraba los países etéreos que ya no podía encontrar. Viajar era solo una burla; ni siquiera la Guerra Mundial le conmovió gran cosa, aunque participó en ella desde el principio en la Legión Extranjera de Francia. Durante algún tiempo trató de buscar amigos, pero no tardó en darse cuenta de que todos ellos eran groseros, banales y monótonos, y demasiado apegados a las cosas terrenales. Se alegraba un poco de no tener trato con sus familiares, porque ninguno le habría sabido entender, no siendo, quizá, su abuelo y su tío abuelo Christopher; pero hacía tiempo que ambos habían fallecido. Entonces comenzó a escribir libros de nuevo, cosa que no hacía desde que los sueños le habían dejado. Pero tampoco encontró en ello ninguna satisfacción ni alivio, porque aún sus pensamientos eran demasiado mundanos, y no podía pensar en cosas hermosas, como antes. Los destellos de humor irónico echaban abajo los alminares fantasmales que su imaginación erigía, y su terrenal aversión por todo lo inverosímil marchitaba las flores más delicadas y fascinantes de sus maravillosos jardines. La religiosidad convencional que adjudicaba a sus personajes los impregnaba de un sentimentalismo empalagoso, en tanto que el mito del realismo y de la necesidad de pintar acontecimientos y emociones vulgarmente humanos, degradaban toda su elevada fantasía, convirtiéndola en un fárrago de alegorías mal disimuladas y sátiras someras de la sociedad. Así, sus nuevas novelas alcanzaron un éxito que jamás habían conocido las de antes; pero al comprender cuán insulsas debían ser para agradar a la vana muchedumbre, las quemó todas y dejó de escribir. Eran unas novelas triviales y elegantes, en las que se sonreía educadamente de los propios sueños que apenas si describía por encima; pero pudo ver que tenían muy poco en calidad o trascendencia, no tenían alma. Después de estos intentos se dedicó a cultivar el ensueño deliberado, y se adentró en el estilo grotesco y excéntrico, como para escaparse de todo lo mundano que había estado haciendo.

Estos derroteros, sin embargo, mostraron rápidamente su pobreza y su esterilidad; y pronto se dio cuenta de que las creencias ocultistas comunes son tan escasas e inflexibles como las científicas, aunque desprovistas de toda verosimilitud. La estupidez grosera, la supercherία y la incoherencia de las ideas no son sueños, ni ofrecen a un espíritu superior ninguna posibilidad de evadirse de la vida real. Así, pues, Carter compró libros todavía más extraños, y se esmeró en buscar escritores más profundos y terribles, de la más fantástica erudición; se internó en los arcanos menos analizados de la conciencia, ahondó en los profundos secretos de la vida, de la leyenda y de la remota antigüedad, y aprendió cosas que le dejaron marcado para siempre. Decidió vivir a su modo y amuebló su casa de Boston de forma que pudiera armonizar con sus cambios de humor. Dispuso una habitación a cada uno de ellos, y las pintó con los colores adecuados, disponiendo en ellas los libros convenientes y dotándolas de objetos y aparatos que le proporcionasen las sensaciones requeridas en cuanto a luz, calor, sonidos, sabores y aromas. Una vez oyó hablar de un hombre al cual, allá en el Sur, le rehuían y le temían todos por las cosas blasfemas que leía en arcaicos libros y en tabletas de arcilla que había conseguido traer clandestinamente de la India y de Arabia. Y fue a visitarlo, y vivió con él, y compartió sus estudios durante siete años, basta que una noche les sorprendió el horror en un viejo cementerio desconocido, del que, de los dos que habían entrado, solo uno regresó. Entonces volvió a Arkham, la ciudad terrible y embrujada de Nueva Inglaterra, donde habían vivido sus antepasados, y allí hizo experiencias en la oscuridad, entre sauces venerables y ruinosos tejados, que le hicieron sellar para siempre ciertas páginas del diario de uno de sus predecesores, de una mentalidad excepcionalmente tenebrosa. Pero estos horrores apenas pudieron llevarlo hasta los límites de la realidad; y sin poder atravesarlos, no llegó a la auténtica región de los sueños por la que él había vagado durante su juventud. De este modo, cuando cumplió los cincuenta años, perdió toda esperanza de paz o de felicidad, en un mundo demasiado atareado para percibir la belleza y demasiado intelectual para tolerar los sueños. Habiendo comprendido al fin la fatalidad de todas las cosas reales, Carter pasó sus días en soledad, recordando con añoranza los sueños perdidos de su juventud.

Consideró que era una tontería continuar de esta manera, y por mediación de un sudamericano, conocido suyo, consiguió una poción muy singular, capaz de sumirle sin sufrimiento en el olvido de la muerte. La desidia y la fuerza de la costumbre, no obstante, le hicieron aplazar esta decisión, y siguió languideciendo sin decidirse a acabar con su vida, y andando sin rumbo por el mundo de sus recuerdos. Quitó las extrañas colgaduras de las paredes y volvió a arreglar la casa como en sus primeros años de juventud: repuso las cortinas purpúreas, los muebles victorianos y todo lo demás. Con el paso del tiempo, casi llegó a alegrarse de haber diferido su determinación, ya que sus recuerdos de juventud y su ruptura con el mundo hicieron que la vida y sus sofisterías le pareciesen muy distantes e irreales, tanto más cuanto que a ello se añadió un toque de magia y esperanza que ahora empezaba a deslizarse en sus descansos nocturnos. Por varios años, en sus noches de ensueño, solo había visto los reflejos deformados de las cosas cotidianas, tal como las veían los más vulgares soñadores; pero ahora comenzaba a vislumbrar de nuevo el resplandor de un mundo extraño y fantástico, de una naturaleza confusa aunque pavorosamente inminente, que adoptaba la forma de escenas nítidas de sus tiempos de niñez y le hacía recordar hechos y cosas intranscendentes, por mucho tiempo olvidados. A menudo se despertaba llamando a su madre y a su abuelo, cuando hacía ya un cuarto de siglo que ambos descansaban en sus tumbas. Luego, una noche, su abuelo le recordó la llave. Aquel sabio de cabeza encanecida, con la misma apariencia de vida que en sus buenos tiempos, le habló larga y seriamente de su rancia estirpe y de las extrañas visiones que habían tenido aquellos hombres refinados y sensibles que eran sus antepasados.

Le habló del cruzado de ojos llameantes, y de los secretos más crueles que este aprendió de los sarracenos en el tiempo que lo tuvieron en cautiverio; del primer sir Randolph Carter, que estudió artes mágicas en tiempos de la reina Isabel. Asimismo, le comentó de Edmund Carter, quien estuvo a punto de ser ahorcado con las brujas de la ciudad de Salem, y que había guardado en una caja una gran llave de plata que había recibido de manos de sus mayores. Antes que Carter despertara, su etéreo visitante le dijo dónde encontraría la caja y que se trataba de un cofrecillo de prodigiosa antigüedad, cuya tosca tapa, tallada en madera de roble, no había abierto mano alguna desde hacía doscientos años. Entre las capas de polvo y las penumbras del desván lo encontró, remoto y olvidado en el último cajón de una enorme cómoda. El cofrecillo era como de un pie cuadrado, y tenía unos bajorrelieves góticos tan tenebrosos, que no era de extrañar que nadie se atreviera a abrirlo desde los tiempos de Edmund Carter. No sonó nada dentro al sacudirlo, pero despidió místicos perfumes de especias olvidadas. Lo de que contenía una llave no era, sin duda alguna, más que una oscura leyenda. Ni siquiera el padre de Randolph Carter había sabido nunca que existiese tal cofrecillo. Estaba reforzado con tiras de hierro herrumbroso y no parecía haber medio alguno de abrir su imponente cerradura. Carter tenía el vago presentimiento de que dentro encontraría la llave de la perdida puerta de los sueños, pero su abuelo no le había dicho una sola palabra de cómo y dónde usarla. Un viejo criado suyo forzó la tapa esculpida; y al hacerlo, las horribles caras les miraron desde la madera ennegrecida. En el interior, un pergamino descolorido envolvía una enorme llave de plata deslustrada, labrada con misteriosos arabescos; pero no había allí explicación legible de ninguna clase.

El pergamino era de un gran volumen, y lleno de extraños jeroglíficos pertenecientes a una lengua desconocida, trazados con un antiguo junco. Carter reconoció en ellos los mismos caracteres que había visto en cierto rollo de papiro que perteneciera al terrible sabio del Sur, el que desapareció una noche en determinado cementerio de remota antigüedad. Aquel hombre se estremecía siempre que consultaba el rollo, y Carter tembló ahora también. Pero limpió la llave y la conservó esa noche a su lado, metida en su aromático estuche de roble viejo. Entre tanto, sus sueños se fueron haciendo más vívidos y, aunque en ellos no aparecía ninguna de aquellas extrañas ciudades, ni los increíbles jardines de sus viejos tiempos, fueron adquiriendo un significado definido cuya finalidad no dejaba lugar a dudas. Era llamado en sueños desde un pasado remoto, y se sentía arrastrado por las voluntades unidas de todos sus antepasados hacia alguna fuente oculta y ancestral. Fue entonces cuando comprendió que debía penetrar en el pasado y confundirse con las viejas cosas; y día tras día pensó en las colinas del norte, donde se hallan la encantada ciudad de Arkham y el impetuoso Miskatonic, y la rústica y solitaria morada de su familia. Bajo la lívida luz del otoño, Carter emprendió el viejo camino a través de un mágico panorama de colinas onduladas y de prados cercados de piedra, y atravesó el valle lejano de laderas cubiertas de bosque, recorrió la serpenteante carretera, pasó junto a las abrigadas granjas y rodeó los meandros cristalinos del Miskatonic, cruzado aquí y allá por rústicos puentecillos de madera o de piedra. En una de sus curvas vio el grupo de olmos gigantescos donde había desaparecido misteriosamente uno de sus antepasados hacía ciento cincuenta años, y se estremeció al sentir el viento que soplaba de modo significativo entre sus troncos.

Después apareció la solitaria y ruinosa casa del anciano Goody Fowler, el brujo, con sus ventanucos endemoniados y su gran tejado que descendía casi hasta el suelo por la parte de atrás. Aceleró al pasar por delante, y no moderó la marcha hasta haber coronado la colina donde había nacido su madre, y los padres de su madre, en un blanco y viejo caserón que todavía conservaba su imponente aspecto desde la carretera, colgado sobre un paisaje trágico y maravilloso de rocosas pendientes y valles verdeantes, en cuyo horizonte se divisaban los lejanos campanarios de Kingsport, y aún más allá se adivinaba la presencia de un mar arcaico y henchido de sueños. Luego vino la ladera de monte bajo donde se levantaba la mansión que Carter no había visitado desde hacía ya cuarenta años. Caía ya la tarde cuando llegó al pie del lugar, y a mitad de camino se detuvo a contemplar la extensa comarca dorada y celestial, inundada por la luz sesgada del sol poniente. Toda la fantasía y el anhelo de sus sueños recientes parecían encarnar en este paisaje apacible y extraño que le sugería la ignorada soledad de otros planetas. Recorrió con la mirada el tapiz desierto de los prados que se estremecía entre tapias derruidas y mágicos macizos de bosque que destacaban por encima del ondulado perfil de las colinas, y el valle espectral, lleno de árboles, que se precipitaba entre sombras hacia los húmedos bordes de los riachuelos cuyas aguas sollozaban al discurrir gorgoteantes entre hinchadas y retorcidas raíces. Sintió que su coche no pertenecía a este universo, así que lo dejó junto al empezar el bosque y, metiéndose la enorme llave en el bolsillo de la chaqueta, siguió subiendo a pie por la cuesta. Se internó en lo profundo del bosque, aun a sabiendas de que el edificio estaba en lo alto de una loma totalmente despejada de árboles, excepto por el norte. Se preguntó qué aspecto ofrecería la casa, puesto que estaba vacía y abandonada, en parte por culpa suya, desde la muerte de su extraño tío abuelo Christopher hacía treinta años.

De niño había pasado muchas temporadas en esa casa, había descubierto extrañas maravillas en las extensiones de bosques que se extendían del otro lado del huerto. Las sombras se hicieron más densas a su alrededor, porque la noche estaba cerca. A su derecha, se abrió entre los árboles un claro, de suerte que, durante un momento, pudo distinguir leguas y leguas de praderas bañadas de luz crepuscular. En el fondo, el campanario de la Congregación, que se alzaba sobre la Colina Central de Kingsport. Arrebolados con el último resplandor del día, los cristales redondos de las lejanas ventanitas parecían despedir llamaradas del fuego. Pero, al sumergirse de nuevo en las sombras, recordó súbitamente, con un sobresalto, que esta visión fugaz no podía proceder sino de algún trasfondo de su memoria infantil, ya que hacía mucho tiempo que la iglesia había sido derruida para construir en su lugar el Hospital de la Congregación. Había leído la noticia con interés, ya que el periódico hablaba además de las extrañas galerías o pasadizos que se habían encontrado bajo sus cimientos.

Algo confundido, creyó oír una voz aflautada, y sintió un nuevo escalofrío al reconocer su acento familiar después de tantos años, Benjiah Corey, el antiguo criado de su tío Christopher, era ya un anciano en aquella época lejana de su niñez en que venía a pasar temporadas enteras al viejo caserón. Ahora tendría más de ciento cincuenta años; pero aquella voz cascada no podía ser de nadie más. Carter no pudo distinguir lo que decía, pero el tono era inconfundible y obsesionante. ¡Quién iba a decir que el «Viejo Benjy» aún estaba vivo!

—¡Señorito Randy! ¡Señorito Randy! ¿Dónde estás? ¿Quieres matar de un disgusto a tu tía Martha? ¿No te dijo que no te alejaras de la casa cara a la noche, y que volvieras antes de oscurecer? ¡Randy! ¡Ran...dyyy! En mi vida he visto un chiquillo que le guste tanto corretear por el bosque; se pasa el día merodeando por esa maldita caverna de serpientes... ¡Eh, Ran... dyyy!

Randolph Carter se detuvo en la profunda oscuridad y se restregó los ojos con la mano. Era muy extraño. Algo no estaba bien. Se encontraba en un paraje donde no debía estar; se había extraviado en unos lugares muy apartados, adonde no debía haber ido, y ahora era terriblemente tarde. No había mirado la hora en el reloj del campanario de Kingsport, aun cuando podía haberla visto fácilmente con su catalejo de bolsillo; pero sabía que su retraso era algo muy extraño y sin precedentes. No estaba seguro de haberse traído consigo el catalejo, y se metió la mano en el bolsillo de la blusa para confirmarlo. No, no lo traía; pero en cambio llevaba una llave de plata que había encontrado en alguna parte, dentro de una caja. Tío Chris le dijo una vez algo muy raro acerca de una arqueta cerrada donde había una llave, pero tía Martha le hizo callar bruscamente, diciendo que no debía contar historias de ese género a un muchacho que ya tenía la cabeza demasiado llena de quimeras. Entonces intentó recordar exactamente dónde había encontrado la llave, pero todo era muy confuso. Se cuestionó si no sería en el desván de su casa de Boston, y se acordó vagamente de haber sobornado a Parks con el sueldo de media semana para que le ayudara a abrir la caja, y guardara silencio después; pero al evocar la escena, la cara de Parks le resultó muy extraña, como si las arrugas de innumerables años hubieran hecho presa de pronto en el vivo y menudo cockney.

—¡Ran... dyyy! ¡Ran... dyyy! ¡Eh! ¡Eh! ¡Randy!

Una oscilante linterna apareció por la curva oscura, y el viejo Benjiah se arrojó sobre la silueta silenciosa y estupefacta de Carter.

—¡Maldito crío, ahí estabas tú! ¿No tienes lengua en la boca, que no contestas? ¡Hace media hora que te estoy llamando, y me has tenido que oír hace rato! ¿Es que no sabes que tu tía Martha está la mar de preocupada por tu culpa? ¡Espera y verás, cuando se lo diga a tu tío Chris! ¡Deberías saber que estos bosques no son lugar a propósito para andar por ahí a estas horas! Te puedes tropezar con cosas malas, de las que nada bueno puedes esperar, como mi abuelo sabía muy bien antes que yo. ¡Vamos, señorito Randy, o Hanna no nos guardará la cena!

Fue así como Carter se vio arrastrado cuesta arriba, donde brillaban impresionantes las estrellas a través de los altos ramajes otoñales. Y oyeron ladrar a los perros, y vieron la luz amarillenta de las ventanas tras la última revuelta del camino, y contemplaron el parpadeo de las Pléyades por encima del calvero donde se erguía un gran tejado negro contra el agonizante crepúsculo de poniente. Tía Martha estaba en el umbral, y no regañó en demasía al pequeño tunante cuando Benjiah lo hizo entrar. Demasiado bien sabía por tío Chris que estas cosas eran propias de los Carter. Randolph no le enseñó la llave, sino que cenó en silencio y solo protestó cuando llegó la hora de acostarse. Él solía soñar mejor despierto, y por otra parte, quería utilizar la llave aquella. A la mañana siguiente, Randolph se levantó temprano, y habría echado a correr hacia la arboleda de arriba, si su tío Chris no le hubiera cogido, obligándole a sentarse a desayunar. Impaciente, paseó la mirada a su alrededor, por aquella estancia de suelo inclinado, por la alfombra andrajosa, por las descubiertas vigas del techo y por los pilares angulares, y solo sonrió cuando las ramas del huerto arañaron los cristales de la ventana del fondo. Los árboles y las colinas estaban allí cerca, a su lado, y constituían las puertas de aquel reino sin tiempo que era su verdadera patria.

Después, cuando le dejaron libre, se revisó el bolsillo de la blusa para ver si tenía la llave; y al ver que sí, cruzó el huerto y se lanzó camino arriba, por donde el monte se elevaba hasta por encima del calvero. El suelo del bosque estaba tapizado de musgo y de misterio. Los grandes peñascos cubiertos de líquenes se erguían vagamente, bajo la luz difusa, como enormes monolitos druidas entre los troncos inmensos y retorcidos de un bosque sagrado. A mitad de su ascenso, Randolph cruzó un torrente cuyas cascadas, un poco más abajo, cantaban misteriosos sortilegios a los faunos escondidos, a los egipanes y a las dríadas. Luego llegó a la extraña cueva que se abría en la falda del monte, a la temible Caverna de las Serpientes que la gente del campo solía rehuir, y de la que pretendía mantenerle alejado Benjiah.

Era una impresionante y muy profunda cueva, más aun de lo que cualquiera hubiera creído, Randolph había notado una hendidura en el rincón más hondo y oscuro, que daba acceso a otra gruta más grande aún: a un espacio secreto y sepulcral cuyas graníticas paredes daban la impresión de haber sido trabajadas por un ser pensante. Esta vez entró arrastrándose, como en las demás ocasiones, y alumbrándose con las cerillas que había cogido del cuarto de estar, y se deslizó por la grieta del final con una ansiedad inexplicable para sí mismo. Sin saber por qué, se aproximó a la pared del fondo con tanta resolución, ni por qué sacó instintivamente la gran llave de plata. Pero siguió adelante; y cuando, aquella noche, regresó excitado a casa, no dio ninguna explicación por su tardanza, ni prestó la más mínima atención a la regañina que se ganó por haber ignorado totalmente la llamada de cuerno que anunciaba la comida de mediodía. Hoy coinciden todos los parientes lejanos de Randolph Carter en que, cuando este tenía diez años, ocurrió algo que despertó su imaginación. Su primo Ernest B. Aspinwall, de Chicago, es diez años mayor que él, y recuerda muy bien el cambio operado en el muchacho después del otoño de 1883. Randolph había contemplado paisajes fantásticos, como nadie los ha contemplado en la vida; pero más extraños aún eran algunos de los poderes que mostró en relación con cosas muy reales. Parecía, en suma haber adquirido el don singular de la profecía, y a veces reaccionaba de un modo extraño ante cosas que, pese a carecer totalmente de importancia en aquel momento, daban justificación luego a sus particulares actitudes.

Con el pasar de los decenios subsiguientes, a medida que se inscribían nuevos inventos, nuevos nombres y nuevos acontecimientos en el libro de la historia, la gente podía recordar sorprendida cómo Carter se había referido años antes a cosas que de algún modo, pero inequívocamente, se relacionaban con ellos. Él mismo no comprendía ni lo que decía, ni sabía por qué ciertas cosas le producían determinada emoción, aunque suponía que ello era debido seguramente a algún sueño que a la sazón no lograba recordar. A principios de 1897, cuando cierto viajero mencionó el pueblo francés de Belloy-en-Santerre, se puso pálido, y sus amigos lo recordaron después porque, en 1916, durante la Guerra Mundial, recibió en ese pueblo una herida que estuvo a punto de costarle la vida.

Los familiares de Carter hablan con frecuencia de todo esto, porque él ha desaparecido recientemente. Su viejo criado, el menudo Parks, que durante muchos años había soportado con paciencia sus extravagancias, fue el último que le vio aquella mañana en que cogió el coche y se fue con una llave que acababa de encontrar. Parks le había ayudado a sacar la llave del antiguo cofrecillo que la contenía, y se sentía singularmente impresionado por los grotescos relieves que adornaban dicha arqueta, y por alguna otra causa que no le era posible referir.

Cuando Carter se marchó, dejó dicho que iba a los alrededores de Arkham a visitar la comarca de sus antepasados. A mitad de la cuesta del Monte del Olmo, por la carretera que va hacia las ruinas de la morada solariega de los Carter, encontraron el coche cuidadosamente aparcado en la cuneta. Dentro encontraron un cofrecillo de aromática madera, adornado con unos relieves que llenaron de pavor a los campesinos que dieron con el vehículo. Este cofrecillo contenía tan solo un pergamino, cuyos caracteres no pudieron descifrar ni lingüistas ni paleógrafos. La lluvia había deshecho las huellas de sus pasos, aunque al parecer, la policía de Boston podría haber dicho mucho sobre el desorden que reinaba entre las vigas caídas de la mansión de los Carter.

Fue, según dijeron, como si alguien hubiera andado revolviendo entre las ruinas recientemente. Hallaron, algo más allá, un pañuelo blanco de bolsillo entre las rocas del bosque, pero no pudieron demostrar que pertenecía al desaparecido. Entre los herederos de Randolph Carter se habla de repartir sus bienes, pero yo pienso negarme firmemente a ello porque no creo que haya muerto. Hay repliegues en el tiempo y en el espacio, en la fantasía y en la realidad, que solo un soñador puede adivinar; y, por lo que sé de Carter, creo que lo que ha sucedido es que ha descubierto un medio de atravesar estos nebulosos laberintos. Si volverá o no alguna vez, es cosa que no puedo afirmar. Él buscaba las perdidas regiones de sus sueños y sentía nostalgia por los días de su niñez. Después encontró una llave, y me inclino a creer que logró utilizarla para sus extraños fines. Le preguntaré cuando le vea, porque espero encontrarlo en cierta ciudad soñada que ambos solíamos frecuentar. Se dice en Ulthar, comarca que se extiende al otro lado del río Skai, que un nuevo rey ocupa el trono de ópalo de Ilek-Vad; la ciudad fabulosa de infinitos torreones que se asienta en lo alto de los acantilados de cristal que dominan ese mar crepuscular donde los Gnorri, seres barbudos con aletas natatorias, elaboran sus laberintos sin igual; y creo que conozco la manera de interpretar este rumor.

Es así como espero con premura el instante en que pueda ver esa gran llave de plata, porque en sus ininteligibles arabescos pueden estar retratados todos los designios y secretos de un universo ciegamente impersonal.

El clérigo malvado

Una persona común que parecía listo, vestía discretamente y llevaba la barba encanecida, me encaminó a la habitación del ático, y me habló de esta forma:

—Sí, él vivió aquí..., pero lo mejor es que no toque nada. Su inquietud y curiosidad lo vuelve un inconsciente. Nosotros nunca venimos hasta aquí de noche; y si lo mantenemos todo como está, es porque así está en su testamento. Ya sabe lo que hizo. Esa sociedad detestable al final se encargó de todo, y no sabemos ni dónde está enterrado. Ni la ley ni nada pudieron llegar hasta esa sociedad.

—En verdad esperaría que no se quedara aquí hasta el anochecer. Le ruego que no toque lo que hay en la mesa, eso que parece una caja de fósforos. No sabemos qué es, pero sospechamos que tiene que ver con lo que hizo. Incluso evitamos mirarlo demasiado fijamente.

Poco después, el hombre me dejó solo en la habitación del ático. Estaba muy sucia, polvorienta y primitivamente decorada, pero tenía una elegancia que indicaba que no era el tugurio de un plebeyo. Había estantes repletos de libros clásicos y de teología, y otra librería con tratados de magia: de Paracelso, Alberto Magno, Tritemius, Hermes Trismegisto, Borellus y demás, en extraños caracteres cuyos títulos no fui capaz de descifrar. Los muebles eran muy sencillos. Había una puerta, pero daba acceso tan solo a un armario empotrado. La única salida era la abertura del suelo, hasta la que llegaba la escalera tosca y empinada. Las ventanas eran de ojo de buey, y las vigas de negro roble revelaban una increíble antigüedad. Evidentemente, esta casa pertenecía a la vieja Europa. Me parecía saber dónde me encontraba, aunque no puedo recordar lo que entonces sabía. Desde luego, la ciudad no era Londres. Mi impresión es que se trataba de un pequeño puerto de mar.

Me fascinó el objeto de la mesa, totalmente. Creo que sabía manejarlo, porque saqué una linterna eléctrica —o algo que parecía una linterna— del bolsillo, y comprobé nervioso sus destellos. La luz no era blanca, sino violeta, y el haz que proyectaba era menos un rayo de luz que una especie de bombardeo radiactivo. Recuerdo que yo no la consideraba una linterna corriente: en efecto, llevaba una normal en el otro bolsillo.

Estaba haciéndose oscuro, y los antiguos tejados y chimeneas, afuera, parecían muy extraños tras los cristales de las ventanas de ojo de buey. Finalmente, haciendo acopio de valor, apoyé en mi libro el pequeño objeto de la mesa y enfoqué hacia él los rayos de la peculiar luz violeta. La luz pareció asemejarse aún más a una lluvia o granizo de minúsculas partículas violeta que a un haz continuo de luz. Al chocar dichas partículas con la vítrea superficie del extraño objeto parecieron producir una crepitación, como el chisporroteo de un tubo vacío al ser atravesado por una lluvia de chispas. La oscura superficie adquirió una incandescencia rojiza, y una forma vaga y blancuzca pareció tomar forma en su centro. Entonces me di cuenta de que no estaba solo en la habitación... y guardé el proyector de rayos en el bolsillo.

Pero el recién llegado no emitió una sola palabra, ni oí ningún ruido durante los momentos que siguieron. Todo era una vaga pantomima como vista desde inmensa distancia, a través de una neblina... Aunque, por otra parte, el recién llegado y todos los que fueron viniendo a continuación aparecían grandes y próximos, como si estuviesen a la vez lejos y cerca, siguiendo a alguna geometría nada normal.

El recién llegado era un hombre flaco y moreno, de estatura media, vestido con un traje clerical de la iglesia anglicana. Aparentaba unos treinta años y tenía la tez cetrina, olivácea, y un rostro agradable, pero su frente era anormalmente alta. Su cabello negro estaba bien cortado y pulcramente peinado y su barba afeitada, si bien le azuleaba el mentón debido al pelo crecido. Usaba gafas sin montura, con aros de acero. Su figura y las facciones de la mitad inferior de la cara eran como la de los clérigos que yo había visto, pero su frente era asombrosamente alta, y tenía una expresión más hosca e inteligente, a la vez que más sutil y secretamente perversa. En ese momento —acababa de encender una lámpara de aceite— parecía nervioso; y antes de que yo me diese cuenta había empezado a lanzar los libros de magia a una chimenea que había junto a una ventana de la habitación (donde la pared se inclinaba pronunciadamente), en la que no había reparado yo hasta entonces. Las llamas consumían los volúmenes con avidez, saltando en extraños colores y despidiendo un olor terriblemente penetrante mientras las páginas de misteriosos jeroglíficos y las roídas encuadernaciones eran devoradas por el elemento devastador. De inmediato, observé que había otras personas en la estancia: hombres con aspecto grave, vestidos de clérigo, entre los que había uno que llevaba corbatín y calzones de obispo. Aunque no podía oír nada, me di cuenta de que estaban comunicando una decisión de enorme trascendencia al primero de los llegados. Parecía que lo odiaban y le temían al mismo tiempo, y que tales sentimientos eran recíprocos. Su rostro mantenía una expresión severa; pero observé que, al tratar de agarrar el respaldo de una silla, le temblaba la mano derecha. El obispo le señaló la estantería vacía y la chimenea (donde las llamas se habían apagado en medio de un montón de residuos carbonizados e informes), preso al parecer de especial disgusto. El primero de los recién llegados esbozó entonces una sonrisa forzada, y extendió la mano izquierda hacia el pequeño objeto de la mesa. Todos parecieron sobresaltarse. El cortejo de clérigos comenzó a desfilar por la empinada escalera, a través de la trampa del suelo, al tiempo que se volvían y hacían gestos amenazadores al desaparecer. El obispo fue el último en abandonar la habitación.

El que había llegado primero fue a un armario del fondo y sacó un rollo de cuerda. Subió a una silla, ató un extremo a un gancho que colgaba de la gran viga central de negro roble y empezó a hacer un nudo corredizo en el otro extremo. Comprendiendo que se iba a ahorcar, corrí con la idea de disuadirlo o salvarlo. Entonces me vio, suspendió los preparativos y miró con una especie de triunfo que me desconcertó y me llenó de inquietud. Descendió lentamente de la silla y empezó a avanzar hacia mí con una sonrisa claramente lobuna en su rostro oscuro de delgados labios.

Me pareció que me encontraba en un terrible peligro y saqué el extraño proyector de rayos para defenderme de alguna manera. No sé por qué, pensaba que me sería de ayuda. Se lo enfoqué totalmente en la cara y vi como se inflamaban sus facciones cetrinas, con una luz violeta primero y luego rosada. Su expresión de exultación lobuna empezó a dejar paso a otra de profundo temor, aunque no llegó a borrársele enteramente. Se detuvo en seco; y agitando los brazos violentamente en el aire, empezó a retroceder tambaleante. Vi que se acercaba a la abertura del suelo y grité para prevenirlo; pero no me oyó. Un instante después, dio un traspié hacia atrás, cayó por la abertura y no lo vi más.

Me costó avanzar hasta la trampilla de la escalera, pero al llegar descubrí que no había ningún cuerpo aplastado en el piso de abajo. En vez de eso me llegó el rumor de gentes que subían con linternas; se había roto el momento de silencio fantasmal y otra vez oía ruidos y veía figuras normalmente tridimensionales. Era evidente que algo había atraído a la multitud a este lugar. ¿Se había producido algún ruido que yo no había oído? A continuación, los dos hombres (simples vecinos del pueblo, al parecer) que iban a la cabeza me vieron de lejos, y se quedaron paralizados. Uno de ellos gritó de forma atronadora:

—¡Ahhh! ¿Conque eres tú? ¿Otra vez?

Ahí se dieron media vuelta y huyeron a toda prisa. Todos menos uno. Cuando la multitud hubo desaparecido, vi al hombre grave de barba gris que me había traído a este lugar, de pie, solo, con una linterna. Me miraba boquiabierto, fascinado, pero no con temor. Luego empezó a subir la escalera, y se reunió conmigo en el ático. Dijo:

—¡Así que no ha dejado eso en paz! Lo lamento. Sé lo que ha pasado. Ya ocurrió en otra ocasión, pero el hombre se asustó y se pegó un tiro. No debía haberle hecho volver. Usted sabe qué es lo que él quiere. Pero no debe asustarse al igual que se asustó el otro. Le ha sucedido algo muy extraño y terrible, aunque no hasta el extremo de dañarle la mente y la personalidad. Si conserva la sangre fría, y acepta la necesidad de efectuar ciertos reajustes radicales en su vida, podrá seguir gozando de la existencia y de los frutos de su saber. Pero no puede vivir aquí, y no creo que desee regresar a Londres. Mi consejo es que se vaya a Estados Unidos.

—No puede volver a tocar ese… objeto. Ahora, ya nada puede ser como antes. El hacer —o invocar— cualquier cosa no serviría sino para empeorar la situación. No ha salido usted tan mal parado como habría podido ocurrir…, pero tiene que marcharse de aquí inmediatamente y establecerse en otra parte. Puede dar gracias al cielo de que no haya sido más grave.

—Se lo trataré de explicar con la mayor sinceridad posible. Se ha operado cierto cambio en… su aspecto personal. Es algo que él siempre provoca. Pero en un país nuevo, usted puede acostumbrarse a ese cambio. Allí, en el otro extremo de la habitación, hay un espejo; se lo traeré. Va a sufrir una fuerte impresión…, aunque no será nada repulsivo.

Me puse a temblar, dominado por un miedo mortal; el hombre barbado casi tuvo que sostenerme mientras me acompañaba hasta el espejo, con una pobre lámpara (es decir, la que antes estaba sobre la mesa, no el farol, más débil aún, que él había traído) en la mano. Y lo que vi en el espejo fue esto:

Un hombre delgado y moreno, de media estatura, y vestido con un traje clerical de la iglesia anglicana, de treinta años aproximadamente, y con unos lentes sin montura y aros de acero, cuyos cristales brillaban bajo su frente cetrina, de color olivo, absurdamente alta.

Era el hombre silencioso que había llegado el primero y quemó los libros.

Por el resto de mi vida, físicamente, yo iba a ser ese individuo.

La tumba

«Sedibus ut saltem placidis in morte quiescam.»
Virgilio

Cuando me adentro en las razones que me han llevado a la reclusión en este asilo para pacientes mentales, podría entender que mi actual situación provocará las obvias dudas sobre la veracidad de lo que digo. Es una pena que la mayoría de la gente sea demasiado estrecha de pensamiento como para deliberar fría e inteligentemente sobre ciertos eventos aislados que subyacen más allá de su día a día, y que son avistados y advertidos solo por algunas personas sensibles. Los de más amplio entendimiento saben que no hay una verdadera diferencia entre lo real y lo que no lo es; que todas las cosas aparecen tal como son tan solo en virtud de los frágiles sentidos físicos y mentales mediante los que las percibimos; pero el prosaico materialismo de la mayoría tilda de locura a todo rastro de clarividencia que aparezca ante el vulgar velo del empirismo de mal gusto.

Me llamo Jervas Dudley, y desde muy niño he sido un soñador y un visionario. Lo bastante acomodado como para no tener que trabajar, y temperamentalmente negado para los estudios formales y el trato social de mis iguales, viví siempre en ambientes alejados del mundo real; pasando mi juventud y adolescencia entre libros antiguos y poco conocidos, así como deambulando por los campos y arboledas en la vecindad del hogar de mis antepasados. No creo que lo leído en tales libros, o lo visto en esos campos y arboledas, fuera lo mismo que otros chicos pudieran leer o ver allí; pero de tales cosas debo hablar poco, ya que explayarme sobre ellas no haría sino confirmar esas infamias despiadadas acerca de mi inteligencia que a veces oigo susurrar a los esquivos enfermeros que me rodean. Será mejor para mí que me ciña a los sucesos sin entrar a analizar las causas.

Como dije, vivía apartado del mundo real, aunque no viviera solo. Eso no va bien para los seres humanos, ya que quien se aparta de la compañía de los vivos en algún momento frecuenta la compañía de cosas que no tienen, o al menos no demasiada, vida. Cerca de mi casa existe una curiosa hondonada boscosa en cuyas profundidades umbrías pasaba la mayor parte del tiempo; entre letras, pensamientos y sueños. En sus musgosas laderas tuvieron lugar mis primeros pasos infantiles, y en torno a sus robles grotescamente nudosos se entretejieron mis primeras fantasías de adolescencia. Terminé por conocer bien a las dríadas tutelares de tales árboles, y a menudo he atisbado sus salvajes danzas a los fieros rayos de la luna menguante… pero no debo hablar ahora de eso. Debo ceñirme a la cripta abandonada de los Hydes, una vieja y rancia familia cuyo último descendiente directo había sido introducido en su negro seno décadas antes de mi nacimiento.

La tumba de la que hablo es de granito viejo, carcomido y descolorido por brumas y humedades de generaciones. Excavado en la ladera, tan solo la entrada de la estructura era visible. La puerta, un bloque pesado e imponente de piedra, está colgando sobre oxidados goznes de hierro, y se encuentra entornada de forma extraña y siniestra, mediante pesadas cadenas y candados, siguiendo una rústica costumbre de hace quinientos años. La residencia del linaje cuyos vástagos yacen aquí en urnas, antiguamente coronaba la cuesta donde se halla la tumba, pero hace mucho que se derrumbó víctima de las llamas provocadas por la desastrosa caída de un rayo. Los más ancianos del lugar a veces hablan con voces apagadas e inquietas acerca de la tormenta de medianoche que destruyó esa melancólica mansión; mencionando lo que ellos llaman «cólera divina» en una forma tal que en los años siguientes aumentaría la siempre fuerte fascinación que le despertaba ese sepulcro devorado por las malezas. Tan solo un hombre había perecido por el fuego. Cuando el último de los Hydes fue sepultado en este lugar de sombras y quietud, aquella triste urna de cenizas había llegado de una tierra distante, ya que la familia se había marchado tras el incendio de la mansión. Ya no queda nadie para depositar flores en el portal de granito, y pocos se aventuran entre las deprimentes sombras que parecen demorarse en forma extraña alrededor de sus piedras gastadas por el agua.

No podré olvidar jamás la tarde en que vi por primera vez esa casa de muerte casi oculta. Era mediado el verano, cuando la alquimia de la naturaleza transmuta el paisaje silvestre en una vívida y casi homogénea masa de verdor; cuando los sentidos se ven intoxicados por oleadas de húmedo verdor y el aroma sutilmente indefinible de la tierra y la vegetación. En tales parajes la mente pierde la perspectiva; tiempo y espacio se hacen vanos e irreales, y los sucesos de un pasado perdido laten insistentemente sobre la conciencia cautivada. Estuve vagando todo el día a través de las místicas arboledas; pensando en cosas de las que no hace falta hablar y conversando con seres que no debo mencionar. A la edad de diez años, yo había visto y oído multitud de maravillas ocultas para el vulgo; y era curiosamente viejo en ciertos aspectos. Cuando, tras abrirme paso entre dos exuberantes zarzales, me topé bruscamente con la entrada de la cripta, yo no sabía lo que acababa de descubrir. Los oscuros bloques de granito, la puerta curiosamente a medio abrir, y los relieves funerarios sobre el arco, no despertaron en mí asociaciones tristes o terribles. Sobre tumbas y sepulcros ya era mucho lo que sabía e imaginaba, aunque por mi peculiar carácter me había apartado de todo contacto con camposantos y cementerios. La extraña casa de piedra en la ladera representaba para mí una fuente de interés y especulaciones; y su interior frío y húmedo, dentro del que vanamente trataba de ojear a través de la abertura tan incitantemente dispuesta, no tenía para mí connotaciones de muerte o decadencia. Pero por ese momento de curiosidad nació el loco e irracional deseo que me ha conducido a este infierno de reclusión. Azuzado por una voz que debía proceder del espantoso corazón de la espesura, resolví penetrar aquellas tinieblas que me reclamaban, a pesar de las cadenas que impedían mi acceso. En la menguante luz del día, alternativamente sacudí los herrumbrosos impedimentos, dispuesto a franquear la puerta de piedra, e intenté escurrir mi magro cuerpo a través del espacio ya abierto; pero nada de todo esto resultó. Tras la curiosidad del principio, ahora me encontraba frenético; y cuando en el crepúsculo que avanzaba volví a casa, había jurado al centenar de dioses del bosque que, a cualquier precio, algún día me abriría paso hasta las oscuras y heladas profundidades que parecían reclamarme. El médico de barba gris que acude cada día a mi cuarto dijo una vez a un visitante que tal decisión representaba el comienzo de una penosa monomanía; pero esperaré el juicio final de los lectores cuando estos hayan sabido todo.

Consumí los meses posteriores al descubrimiento en inútiles tentativas de forzar el complejo candado de la cripta entreabierta, así como en discretas indagaciones acerca de la naturaleza e historia de esa estructura. Con el oído tradicionalmente receptivo de los niños, aprendí mucho, aun cuando mi habitual reserva me llevó a no comunicar a nadie ni esos datos ni la decisión tomada. Quizás debiera mencionar que no me sorprendí ni me aterré al conocer la naturaleza de la cripta. Mis primigenias ideas acerca de la vida y de la muerte me habían llevado a asociar, de alguna vaga forma, la fría arcilla y el cuerpo animado; y sentí que esa grande y siniestra familia de la mansión incendiada estaba de algún modo presente en el pétreo recinto que yo trataba de explorar. Las habladurías sobre ritos salvajes e idólatras orgías ocurridas antiguamente en el viejo lugar despertaban en mí un nuevo y poderoso interés por la tumba, ante cuyas puertas podía sentarme durante horas y más horas cada día. En cierta ocasión lancé una vela por la rendija de la entrada; pero no pude ver nada sino un tramo de húmedos peldaños que descendía. El olor del lugar me repelía al tiempo que me fascinaba. Sentía haberlo aspirado ya antes, en un remoto pasado anterior a todo recuerdo; previo incluso a mi estancia en el cuerpo que ahora habito.

El año siguiente al descubrimiento de la tumba encontré una traducción carcomida por los gusanos de las *Vidas* de Plutarco en el ático atestado de libros de mi hogar. Leyendo la vida de Teseo, quedé sumamente impresionado por aquel pasaje que habla sobre la gran roca bajo la que el héroe infantil habría de encontrar las señales de su destino, tras hacerse lo suficientemente adulto como para alzar su enorme peso. Esa leyenda consiguió aplacar mi acuciante impaciencia por penetrar la cripta, ya que me hizo percibir que aún no había llegado el tiempo. Más tarde, me dije, alcanzaría fuerza e ingenio bastantes como para franquear con facilidad la puerta pesadamente encadenada; pero hasta ese momento debía conformarme con lo que parecían los designios del Destino.

En consecuencia, la atención dedicada al húmedo portal se tornó menos persistente, y dediqué mucho de mi tiempo a otras cavilaciones sobre asuntos igualmente extraños. A veces me levantaba silenciosamente por la noche, saliendo a pasear por aquellos camposantos y cementerios de los que mis padres me habían mantenido alejado. Lo que hacía allí no lo sabría explicar, ya que no estoy seguro de la realidad de algunos hechos; pero sé que al día siguiente de alguno de tales paseos solía asombrarme con la posesión de un conocimiento sobre temas casi olvidados durante muchas generaciones. Fue durante una noche así que estremecí a la comunidad con una rara hipótesis acerca del enterramiento del rico y famoso hacendado Brewster, una celebridad local sepultada en 1711 y cuya lápida, ostentando el grabado de una calavera y dos tibias cruzadas, iba convirtiéndose lentamente en polvo. En un instante de infantil imaginación juré no solo que el enterrador, Goodman Simpson, había hurtado sus zapatos con hebilla de plata, medias de seda y calzones de raso al difunto antes del entierro; sino que el mismo hacendado, aún con vida, se había girado dos veces en su ataúd cubierto de tierra el día después de ser sepultado.

Pero la idea de penetrar la tumba jamás dejó mis pensamientos; viéndose de hecho estimulada por el inesperado descubrimiento genealógico de que mis propios antepasados maternos mantenían un ligero parentesco con la familia de los Hydes, considerada extinta. El último de mi rama paterna, yo era asimismo el último de ese linaje más viejo y misterioso. Comencé a considerar esa tumba como mía, y a esperar con ansiedad el futuro, esperando el momento en que pudiera traspasar la puerta de piedra y descender en la oscuridad aquellos viscosos peldaños de piedra. Adquirí la costumbre de escuchar con gran atención junto al portal entornado, eligiendo para esa curiosa vigilia mis horas preferidas, en la quietud de la medianoche. Al llegar a la edad adulta, había abierto un pequeño claro en la espesura, ante la fachada cubierta de moho de la ladera, permitiendo a la vegetación adyacente circundar y cubrir aquel espacio, a semejanza de un selvático enramado. Tal enramado era mi templo, la puerta aherrojada del santuario, y aquí yacía tendido en el musgoso suelo, sumido en extraños pensamientos y enroñando sueños extraños.

Hacía bochorno la noche de la primera revelación. Debí quedarme dormido a causa del cansancio, ya que tuve la clara sensación de despertar al oír las voces. Dudo de mencionar sus tonos y acentos; de su cualidad no quiero ni hablar; pero puedo decir que había inmensas diferencias en su vocabulario, pronunciación y en la construcción de frases. Cada matiz del dialecto de Nueva Inglaterra, desde las groseras sílabas de los colonos puritanos a la retórica precisa de cincuenta años atrás, parecían hallarse representadas en aquel sombrío coloquio, aunque solo más tarde caí en la cuenta. En ese instante, de hecho, mi atención estaba ocupada con otro fenómeno; un suceso tan fugaz que no podría jurar que haya sucedido realmente. Apenas creí estar despierto, cuando una luz se apagó apresuradamente dentro del hondo sepulcro. No creo haber quedado pasmado o sumido en el pánico, aunque soy consciente de haber sufrido un cambio grande y permanente durante esa noche. Al regresar a casa me dirigí sin vacilar a un podrido arcón del ático, en cuyo interior encontré la llave que al día siguiente abriría fácilmente la barrera contra la que tanto tiempo había luchado en vano.

Fue al final de la tarde con un suave resplandor cuando por vez primera accedí a la cripta de la ladera abandonada. Un hechizo me envolvía, y mi corazón latía con un alborozo que apenas puedo describir. Mientras cerraba a mis espaldas la puerta y descendía los pringosos escalones a la luz de mi solitaria vela, creí reconocer el camino y, aunque la vela chisporroteaba debido al sofocante ambiente del lugar, me sentía singularmente a gusto con aquel aire viciado, como de osario. Mirando alrededor, columbré multitud de losas de mármol sobre las que reposaban ataúdes, o restos de ataúdes. Algunos estaban sellados e intactos, pero otros casi se habían deshecho, dejando las manijas de plata y placas caídas entre algunos curiosos montones de polvo blancuzco. En una de las placas leí el nombre de sir Geoffrey Hyde, que había llegado de Sussex en 1640 y muerto aquí unos años después. En un llamativo nicho había un ataúd bastante bien conservado y vacío que me hizo sonreír a la par que estremecer. Un extraño impulso me llevó a encaramarme a la amplia losa, apagar la vela y yacer dentro de la caja desocupada.

Con la grisácea luz del alba salí dando tumbos de la cripta y aseguré la cadena de la puerta a mi espalda. Ya no era un joven, aun cuando tan solo veintiún inviernos habían pasado por mi envoltura corporal. Los aldeanos más madrugadores que alcanzaron a presenciar mi vuelta a casa me contemplaron atónitos, asombrados de los signos de juerga tormentosa visibles en alguien cuya vida era tenida por sobria y solitaria. No me mostré ante mis padres hasta después de un prolongado y conciliador sueño.

De ahí en adelante frecuenté cada noche la tumba; viendo, escuchando y realizando actos que jamás debo revelar. Mi forma de hablar, siempre susceptible de las influencias más inmediatas, fue lo primero en sucumbir al cambio, y la súbita aparición de arcaísmos en mi habla fue pronto advertida. Más tarde, mi conducta se tiñó de extraño valor y temeridad, hasta el punto de que inconscientemente comencé a adoptar la actitud de un hombre de mundo, a pesar de mi reclusión de por vida. Mi anteriormente silenciosa lengua se tornó voluble, con la gracia fácil de un Chesterfield o el cinismo ateo de un Rochester. Mostraba una curiosa erudición, completamente alejada de los saberes fantásticos y monacales de los que me había empapado en mi juventud, y cubría las hojas de guarda de mis libros con fáciles e improvisados epigramas que tenían influencias de Gay, Prior y los más vivos de los burlones y poetas augustos. Una mañana, durante el desayuno, me puse al borde del desastre al declamar con acentos netamente ebrios una efusión de alegría bacanal del siglo XVIII; un soplo de alegría georgiana nunca consignada en libros, que decía más o menos así:

Acudid acá, mozos, con vuestras jarras de cerveza,
Y bebed por el presente antes de que se esfume;
Apilad en vuestro plato una montaña de carne,
Pues el comer y el beber nos brinda alivio:
Así que colmad vuestros vasos,
Ya que la vida pronto pasará;
¡Cuando estéis muertos no brindaréis a la salud
del rey o de vuestra chica!
Anacreonte tenía la nariz roja, según cuentan:
¿Pero qué es una nariz colorada a cambio de estar alegre y vivaz?
¡Dios me valga! Mejor rojo como estoy aquí,
que blanco como un lirio... ¡y muerto medio año!
Así que Betty, mi dama,
Ven y dame un beso;
¡En el infierno no hay hija de ventero que se te pueda comparar!
El joven Harry se mantiene todo lo tieso que puede,
Pronto perderá la peluca y caerá bajo la mesa;
Pero colmad vuestras copas y hacerlas circular...
¡Mejor bajo la mesa que bajo tierra!
Así que reíd y gozad
Bebed sin cesar:
¡Bajo seis pies de tierra no os será tan fácil el disfrutar!
¡El diablo me confunda! Apenas puedo andar,
¡Maldito sea si puedo tenerme en pie o hablar!
Aquí, posadero, manda a Betty por una silla;
¡Me iré a casa en un rato, ya que mi mujer no está!
Así que echadme una mano;
No me tengo en pie,
¡Pero contento estoy mientras me mantenga sobre la tierra!

Fue en esta época cuando comencé a albergar mi actual miedo al fuego y las tormentas. Antes indiferente a tales cosas, sentía ahora un inexplicable horror ante ellas; y era capaz de recogerme al rincón más profundo de la casa cuando los cielos amenazaban con aparato eléctrico. Uno de mis refugios favoritos durante el día era el arruinado sótano de la mansión quemada, y con la imaginación podría pintar la estructura tal y como había sido antiguamente. En cierta ocasión asusté a un aldeano conduciéndolo en secreto a un sombrío subsótano cuya existencia me parecía conocer a pesar del hecho de que había permanecido desconocido y olvidado durante muchas generaciones.

Al final ocurrió lo que tanto había temido. Mis padres, alarmados por la alteración de ademanes y apariencia de su único hijo, comenzaron a ejercer sobre mis movimientos un discreto espionaje que amenazaba con conducirme al desastre. No había comentado a nadie mis visitas a la tumba, habiendo guardado mi secreto propósito con religioso celo desde la infancia; pero ahora me veía obligado a guardar precauciones cuando deambulaba por los laberintos de la hondonada boscosa, ya que debía despistar a un posible perseguidor. Guardaba la llave de la cripta colgando de un cordel alrededor de mi cuello, cuya existencia tan solo era conocida por mí. Nunca saqué del sepulcro cosa alguna que encontré entre sus paredes.

Una mañana, mientras salía de la húmeda tumba y cerraba las cadenas del portal con mano no demasiado firme, advertí en un matorral adyacente el rostro de un observador. Sin duda, el fin estaba cerca; ya que mi enramado había sido descubierto y el objeto de mis salidas nocturnas desvelado. El hombre no se me acercó, por lo que me apresuré a volver a casa en un esfuerzo por espiar lo que pudiera informar a mi preocupado padre. ¿Iban mis estancias más allá de la puerta encadenada a ser reveladas al mundo? Imaginen mi regocijado asombro cuando escuché al espía contar a mi padre con un precavido susurro que yo había pasado la noche en el enramado exterior a la tumba; ¡con mis ojos somnolientos clavados en la hendidura que entreabría la puerta aherrojada! ¿Mediante qué milagro se había visto engañado el observador? Ahora estaba convencido de que un agente sobrenatural me protegía. Envalentonado por tal circunstancia celestial, volví a visitar abiertamente la cripta, seguro de que nadie podría presenciar mi entrada. Durante una semana degusté al completo los placeres de ese osario común que no debo describir, cuando aquello sucedió, y me arrancaron de allí para traerme a este maldito lugar de pesar y monotonía.

No debí haber salido esa noche, ya que el estigma del trueno acechaba en las nubes, y una infernal fosforescencia brotaba del fétido pantano ubicado al fondo de la hondonada. La llamada de los difuntos, también, era distinta. En vez de la tumba de la ladera, venía del calcinado sótano en lo alto, cuyo demonio tutelar me hacía señas con dedos invisibles. Cuando salí de una arboleda intermedia al llano que hay ante las ruinas, contemplé a la brumosa luz lunar, algo que siempre había esperado vagamente. La mansión, desaparecida cien años antes, alzaba una vez más sus majestuosas formas ante la mirada extasiada; cada ventana resplandecía con el fulgor de multitud de velas. Por el largo sendero acudían los carruajes de la aristocracia de Boston, al tiempo que una muchedumbre de petimetres empolvados iba llegando a pie desde las mansiones vecinas. Con tal gentío me mezclé, a sabiendas de que mi sitio estaba entre los anfitriones, y no entre los invitados. En el salón sonaba la música, risas, y el vino estaba en cada mano. Reconocí algunas caras, aunque las hubiera distinguido mucho mejor de haber estado secas, o consumidas por la muerte y la descomposición. Entre una multitud salvaje y audaz yo era el más extravagante y disipado. Alegres blasfemias brotaban a torrentes de mis labios, y mis bruscos chascarrillos no respetaban la ley de Dios, el Hombre o la Naturaleza. De repente, un retumbar de trueno, haciéndose oír aún sobre el estrépito de aquella juerga tumultuosa, rasgó el mismo tejado e impuso un soplo de miedo en aquella porcina compañía. Rojas llamaradas y tremendas olas de calor envolvieron la casa, y los concelebrantes, aterrorizados por el descenso de una tragedia que parecía trascender los designios de una naturaleza ciega, huyeron vociferando en la noche. Únicamente quedé yo, atado a mi asiento por un terror mortal jamás sentido hasta entonces. Y en ese instante un segundo horror tomó posesión de mi alma. Quemado vivo hasta ser reducido a cenizas, mi cuerpo disperso a los cuatro vientos, ¡jamás podría yacer en la tumba de los Hydes! ¿Es que acaso no tenía derecho a descansar entre los descendientes de sir Geoffrey Hyde por el resto de la eternidad? ¡Sí! ¡Reclamaría mi herencia de muerte aun cuando mi espíritu hubiera de buscar durante eras otra morada carnal que la situase en aquella losa vacía del nicho de la cripta. ¡Jervas Hyde nunca arrostraría el triste destino de Palinuro!

Mientras el espejismo de la casa ardiente se deshacía, me encontré gritando y debatiéndome como un demente entre los brazos de dos hombres, uno de los cuales era el espía que me había seguido hasta la cripta. La lluvia caía a raudales, y sobre el horizonte sur había fogonazos de los relámpagos que acababan de pasar sobre nuestras cabezas. Mi padre, con el rostro surcado de pesar, no hacía ningún gesto mientras yo le pedía a voces que me dejara reposar en la tumba, advirtiendo con frecuencia a mis captores que me trataran con toda la delicadeza posible. Un círculo oscurecido en el suelo del arruinado sótano indicaba un violento golpe de los cielos, y en esa parte un grupo de aldeanos curiosos con linternas indagaban en una pequeña caja de antigua factura que la caída del rayo había aflorado a la luz. Cesando en mis inútiles y ahora sin objeto forcejeos, observé a los espectadores mientras examinaban el hallazgo, y se me permitió participar de su descubrimiento. La caja, cuyos cerrojos habían sido destruido por el golpe que la había desenterrado, contenía multitud de documentos y objetos de valor; pero yo tan solo tenía ojos para una cosa. Era la miniatura en porcelana de un joven con una elegante peluca de rizos, ostentando las iniciales «J. H.». El rostro era tal y como yo me veía, de manera que bien pudiera haber estado contemplándome en un espejo.

Al día siguiente me metieron en este cuarto con barrotes en la ventana, pero me he mantenido al tanto de ciertas cosas merced a un sirviente no muy espabilado, y ya entrado en edad, por quien tenía gran cariño durante la infancia, y quién, al igual que yo, ama los cementerios. Lo que me he atrevido a contar de mis experiencias dentro de la cripta tan solo me ha brindado sonrisas conmiserativas. Mi padre, viene muy a menudo, dice que no he traspasado el portal encadenado, y jura que el herrumbroso cerrojo, cuando él lo examinó, no daba muestras de haber sido tocado en cincuenta años. Incluso afirma que todo el pueblo conocía mis viajes a la tumba, y que con frecuencia me observaban durmiendo en el enramado exterior a la tenebrosa fachada, los ojos entreabiertos y fijos en el resquicio que conduce al interior. Contra tales afirmaciones carezco de pruebas, ya que mi llave se perdió durante la lucha en esa noche de horror. Las extrañas cosas del pasado que aprendí durante aquellos encuentros nocturnos con los muertos son atribuidos al fruto de mi codicioso e incesante hojear de los viejos volúmenes de la biblioteca familiar. De no haber sido por mi viejo criado Hiram, estos serían momentos en que yo mismo estaría bastante seguro de mi propia locura.

Pero Hiram, siempre fiel y con una confianza ciega en mí, me ha llevado a publicar al menos parte de esta historia. Hace una semana logró forzar el cerrojo de la puerta de la tumba sempiternamente entornada y bajó con una linterna hacia la profundidad. Sobre una losa y en el interior de un nicho, consiguió un ataúd viejo, pero sin nada adentro, en cuya fascinante placa se deja ver esta simple palabra: «Jervas.» En ese ataúd y en esa cripta él me prometió que descansaré.

En la cripta

Dedicado a C.W. Smith, que sugirió la idea central

No hay nada con menos sentido, a mi entender, que el lugar común de asociar el gusto por estar en el hogar y ser saludable, algo tan presente en la creencia popular. Menciona un sitio campestre yanqui, un robusto y ordinario enterrador pueblerino y un desastroso problema relacionado con una tumba, y así nadie esperara una lectura que no sea de naturaleza cómica. Dios sabe, aun así, que el prosaico relato que la muerte de George Birch me permite contar tiene algunos momentos que hacen que la más oscura de las comedias sea mucho más ligera. Birch quedó impedido y cambió de negocio en 1881, aunque nunca hablaba de ello si le era posible evitarlo. Tampoco lo hacía su viejo médico, el doctor Davis, que falleció hace años. Es aceptado generalmente que su dolencia y daños fueron provocados por un lamentable resbalón por el que Birch quedó encerrado durante nueve horas en el mortuorio cementerio de Peck Valley, pudiendo salir solo mediante unos rudos y terribles métodos. Sin embargo, a pesar de que esto es una verdad de la que nadie duda, había otros y más negros aspectos sobre los que el hombre solía hablar entre dientes cuando deliraba de borrachera, cerca de su final. Se confió a mí porque yo era médico, y porque probablemente sentía la necesidad de hablar con alguien después de la muerte de Davis. Era soltero y carecía completamente de familiares.

Birch, antes de 1881, era el enterrador municipal de Peck Valley, siendo un rústico y primitivo, incluso para como suele ser ese tipo de gente. Lo que he oído sobre sus métodos resulta increíble, al menos para una ciudad, e incluso Peck Valley se habría estremecido de haber conocido la dudosa ética de sus artes mortuorias en materias tan escabrosas como el apropiarse de los forros, invisibles bajo la tapa del ataúd, o el grado de dignidad que daba al disponer y adaptar los miembros no visibles de sus inquilinos sin vida a unos recipientes no siempre calculados con exactitud precisa. Más concretamente, Birch era dejado, insensible y profesionalmente indeseable, aunque no creo que fuera mala persona. Era, sencillamente, tosco de temperamento y profesión... bruto, descuidado y borracho, y así lo probaba su fácil tendencia a los accidentes, así como su carencia de esos mínimos de imaginación que mantiene el ciudadano medio dentro de ciertos límites fijados por el buen gusto.

No sabría decir exactamente cuándo comienza la historia de Birch, ya que no soy un relator experimentado. Probablemente empezó en el frío diciembre de 1880, cuando el terreno se congeló y los sepultureros descubrieron que no podían cavar más tumbas hasta la primavera. Afortunadamente, el pueblo era pequeño y las muertes bastante escasas, por lo que fue imposible dar a todas las cargas inanimadas de Birch un paraíso temporal en el simple y anticuado mortuorio. El enterrador se tornó doblemente perezoso con aquel tiempo amargo y pareció sobrepasarse a sí mismo en descuido. Nunca había colocado juntos tantos ataúdes flojos y contrahechos, o abandonado más flagrantemente el cuidado del oxidado cerrojo de la puerta del mortuorio, que abría y cerraba a portazos, con el más negligente abandono.

Al fin llegó el deshielo de primavera y las tumbas fueron cuidadosamente habilitadas para los nueve silenciosos frutos del espantoso cosechero que les aguardaba en la tumba. Birch, aun temiendo el fastidio de remover y enterrar, comenzó a llevarlos una desagradable mañana de abril, pero se detuvo, tras depositar a un mortal inquilino en su eterno descanso, por culpa de una tremenda lluvia que pareció irritar a su caballo. El cadáver era el de Darius Park, el nonagenario, cuya tumba no estaba lejos del mortuorio. Birch decidió que, el día siguiente, empezaría con el viejo Matthew Fenner, cuya tumba también se encontraba cerca; sin embargo, pospuso el asunto por tres días, no volviendo al trabajo hasta el día 15, Viernes Santo. No siendo supersticioso, no se fijó en la fecha, aunque tras lo que pasó se negó siempre a hacer algo de importancia en ese fatídico sexto día de la semana. Desde luego, los sucesos de aquella noche cambiaron enormemente a George Birch.

La tarde del 15 de abril, viernes, Birch se dirigió a la tumba con caballo y carro, dispuesto a trasladar el cuerpo de Matthew Fenner. Él admite que en aquellos momentos no estaba del todo sobrio, aunque entonces no se daba tan plenamente a la bebida como haría más tarde, tratando de olvidar ciertas cosas. Se encontraba solo lo bastante mareado y descuidado como para fastidiar a su sensible caballo, sofrenándolo junto al mortuorio, por lo que este relinchó y piafó y se agitó, tal como lo hiciera la ocasión anterior, cuando le molestó la lluvia. El día era claro, pero se había levantado un fuerte viento, y Birch se alegró de contar con refugio mientras corría el cerrojo de hierro y entraba en el vestíbulo de la cripta. Otro no podría haber soportado la húmeda y olorosa estancia, con los ocho ataúdes descuidadamente colocados, pero Birch, en aquellos días, era insensible y solo cuidaba de poner el ataúd correcto en la tumba correspondiente. No había olvidado las críticas levantadas por los parientes de Hannah Bixby cuando, deseando transportar el cuerpo de esta al cementerio de la ciudad a la que se habían mudado, encontraron en la caja al juez Capwell bajo su lápida.

La luz era débil, pero la vista de Birch era excelente y no cogió por error el ataúd de Asaph Sawyer, a pesar de que era muy parecido. De hecho, había fabricado aquella caja para Matthew Fenner, pero la dejó a un lado, por ser demasiado tosca y endeble, en un rapto de curioso sentimentalismo provocado por el recuerdo de cuán amable y generoso fue con él el pequeño anciano durante su bancarrota, cinco años antes. Había dado al viejo Matt lo mejor que su habilidad podía crear, pero era lo bastante ahorrativo como para guardarse el ejemplar desechado y usarlo cuando Asaph Sawyer murió de fiebres malignas. Sawyer no era un hombre gentil y eran famosas sus historias sobre su casi inhumano temperamento vengativo y su afilada memoria para ofensas reales o fingidas. Con él, Birch no sintió remordimientos cuando le asignó el destartalado ataúd que ahora apartaba de su camino, buscando la caja de Fenner.

Fue cuando reconoció el ataúd del viejo Matt cuando la puerta se cerró de un portazo, empujada por el viento, dejándolo en una penumbra aún más profunda que la de antes. El angosto tragaluz admitía solo el paso de los más débiles rayos, y el ventilador sobre su cabeza virtualmente ninguna, así que se vio obligado a un profano palpar mientras hacía un trastabillante camino entre las cajas, rumbo al pestillo. En esa penumbra fúnebre agitó el mohoso pomo, empujó las planchas de hierro y se preguntó por qué el enorme portón se había vuelto repentinamente tan recalcitrante. En ese crepúsculo, además, comenzó a comprender la verdad y gritó en voz alta, mientras su caballo, fuera, no pudo más que darle una réplica, aunque poco amistosa. Porque el pestillo que por tanto tiempo había sido descuidado se había roto sin duda, dejando al descuidado enterrador atrapado en la cripta, víctima de su propia desidia.

Aquello sucedió probablemente alrededor de las tres y media de la tarde. Birch, siendo de temperamento flemático y práctico, no gritó durante mucho tiempo, sino que procedió a buscar algunas herramientas que recordaba haber visto en una esquina de la sala. Es dudoso que sintiera todo el horror y lo horroroso de su posición, pero el solo hecho de verse atrapado tan lejos de los caminos transitados por los hombres era suficiente para exasperarlo por completo. Su trabajo diurno se había visto tristemente interrumpido, y a no ser que la suerte llevase en aquellos momentos a algún caminante hasta las cercanías, debería quedarse allí toda la noche o más tarde. Pronto apareció el montón de herramientas y, cogiendo martillo y cincel, Birch regresó, entre los ataúdes, a la puerta. El aire había comenzado a ser excesivamente malsano, pero no prestó atención a este detalle mientras se afanaba, medio a tientas, contra el pesado y corroído metal del pestillo. Hubiera dado lo que fuera por tener una linterna o un cabo de vela, pero, careciendo de ambos, chapuceaba como podía, medio a ciegas.

Cuando se cercioró de que el pestillo estaba bloqueado sin remisión, al menos para herramientas tan rudimentarias y bajo tales condiciones tenebrosas de luz, Birch buscó alrededor otra forma de escapar. La cripta había sido excavada en una ladera, por lo que el angosto túnel de ventilación del techo corría a través de algunos metros de tierra, haciendo que esta dirección fuera inútil de considerar. Sobre la puerta, no obstante, el tragaluz alto y en forma de hendidura, situado en la fachada de ladrillo, dejaba pensar en que podría ser ensanchado por un trabajador diligente, de ahí que sus ojos se demoraran largo rato sobre él mientras se estrujaba el cerebro buscando métodos de escapatoria. No había nada parecido a una escalera en aquella tumba, y los nichos para ataúdes situados a los lados y el fondo —que Birch apenas se molestaba en utilizar— no permitían trepar hasta encima de la puerta. Solo los mismos ataúdes quedaban como potenciales peldaños, y, mientras consideraba aquello, especuló sobre la mejor forma de colocarlos. Tres ataúdes de altura, supuso, permitirían alcanzar el tragaluz, pero lo haría mejor con cuatro, lo más estable posible. Mientras lo planeaba, no pudo por menos que desear que las unidades de su planeada escalera hubieran sido hechas con firmeza. Que hubiera tenido la suficiente imaginación como para desear que estuvieran vacías, ya resultaba más dudosa.

Finalmente, resolvió colocar una base de tres, paralelos al muro, para colocar sobre ellos dos pisos de dos y, encima de estos, uno solo que serviría de plataforma. Tal estructura permitiría el ascenso con un mínimo de problemas y daría la deseada altura. Aún mejor, pensó, podría utilizar solo dos cajas de base para soportar todo, dejando uno libre, que podría ser colocado en lo alto en caso de que tal forma de escape necesitase aún mayor altitud. Y, de esta forma, el prisionero se esforzó en aquel crepúsculo, desplazando los inertes restos de mortalidad sin la menor ceremonia, mientras su Torre de Babel en miniatura iba ascendiendo piso a piso. Algunos de los ataúdes comenzaron a resquebrajarse bajo el esfuerzo del ascenso, y él decidió dejar el sólidamente construido ataúd del pequeño Matthew Fenner para la cúspide, de forma que sus pies tuvieran una superficie tan sólida como fuera posible. En la escasa luz había que confiar ante todo en el tacto para seleccionar la caja adecuada y, de hecho, la encontró por accidente, ya que llegó a sus manos como a través de alguna extraña volición, después de que la hubiera colocado inadvertidamente junto a otra en el tercer piso.

Al poco tiempo, la torre estuvo acabada, y sus cansados brazos descansaron un rato, durante el que se sentó en el último peldaño de su espantable artefacto; luego, Birch ascendió cautelosamente con sus herramientas y se detuvo frente al angosto tragaluz. Los bordes eran totalmente de ladrillo y había pocas dudas de que, con unos pocos golpes de cincel, se abriría lo bastante como para permitir el paso de su cuerpo. Mientras empezaba a golpear con el martillo, el caballo, fuera, relinchaba en un tono que podría haber sido tanto de aliento como de burla. Cualquiera de los dos supuestos hubiera sido apropiado, ya que la inesperada tenacidad de la albañilería, fácil a simple vista, resultaba sin duda sardónicamente ilustrativa de la vanidad de los anhelos de los mortales, aparte de motivo de una tarea cuya ejecución necesitaba cada estímulo posible.

Cayó la noche y encontró a Birch aún pugnando. Trabajaba ahora sobre todo el tacto, ya que nuevas nubes cubrieron la luna y, aunque los progresos eran todavía lentos, se sentía envalentonado por sus avances en lo alto y lo bajo de la abertura. Estaba seguro de que podría tenerlo listo a medianoche... aunque era una característica suya el que esto no contuviera para él implicaciones temibles. Totalmente ajeno a preocupantes reflexiones sobre la hora, el lugar y la compañía que tenía bajo sus pies, despedazaba filosóficamente el muro de piedra, maldiciendo cuando lo alcanzaba un fragmento en el rostro, y riéndose cuando alguno daba en el cada vez más excitado caballo que piafaba cerca del ciprés. Al final, el agujero fue lo bastante grande como para intentar pasar el cuerpo por él, agitándose hasta que los ataúdes se mecieron y crujieron bajo sus pies. Advirtió que no necesitaba apilar otro para conseguir la altura adecuada, ya que el agujero se encontraba exactamente en el nivel apropiado, siendo posible usarlo tan pronto como el tamaño así lo permitiera.

Debía ser ya la medianoche cuando Birch decidió que podía atravesar el tragaluz. Cansado y sudando, a pesar de los muchos descansos, bajó al suelo y se sentó un momento en la caja del fondo a tomar fuerzas para el esfuerzo final de arrastrarse y saltar al exterior. El hambriento caballo estaba relinchando repetidamente y de forma casi extraña, y él deseó vagamente que parara. Se sentía curiosamente desazonado por su inminente escapatoria y casi espantado de intentarlo, ya que su físico tenía la indolente corpulencia de la temprana media edad. Mientras ascendía por los astillados ataúdes sintió con intensidad su peso, especialmente cuando, tras llegar al de más arriba, escuchó ese agravado crujir que avisaba de la fractura total de la madera. Al parecer, había planificado en vano elegir el más sólido de los ataúdes para la plataforma, ya que, apenas apoyó todo su peso de nuevo sobre esa pútrida tapa, esta cedió, hundiéndole medio metro sobre algo que no quería ni imaginar. Enloquecido por el sonido, o por el hedor que se expandió al aire libre, el caballo lanzó un alarido que era demasiado frenético para un relincho, y se lanzó enloquecido a través de la noche, con la carreta traqueteando enloquecidamente a su zaga.

Birch, en esa horrorosa situación, se encontraba ahora demasiado abajo para un fácil ascenso hacia el agrandado tragaluz, pero acumuló energías para un intento concreto. Asiendo los bordes de la abertura, trataba de auparse cuando notó un raro impedimento en forma de una especie de tirón en sus dos tobillos. Súbitamente sintió miedo por primera vez en la noche, ya que, aunque pugnaba, no conseguía librarse del desconocido agarrón que hacía presa de sus tobillos en entorpecedora cautividad. Horribles dolores, como de salvajes heridas, le laceraron las pantorrillas, y en su mente se produjo un remolino de espanto mezclado con un inamovible materialismo que sugería astillas, clavos sueltos y similares, propios de una caja rota de madera. Es probable que haya gritado. Y en todo momento pateaba y se debatía frenética y automáticamente mientras su conciencia casi se eclipsaba en un medio desmayo.

El instinto encaminó su paso a través del tragaluz, y, en el arrastrar que siguió, cayó con un golpetazo sobre el húmedo terreno. No podía caminar, al parecer, y la emergente luna debió presenciar una horrible visión mientras él arrastraba sus sangrantes tobillos hacia la portería del cementerio; los dedos hundiéndose en el negro mantillo, apresurándose sin pensar, y el cuerpo respondiendo con una enloquecedora lentitud que se sufre cuando uno es perseguido por los fantasmas de la pesadilla. No obstante, era evidente que no había perseguidor alguno, ya que se encontraba solo y vivo cuando Armington, el guarda, respondió a sus débiles arañazos en la puerta.

Armington ayudó a Birch a llegar a una cama disponible y envió a su hijo pequeño, Edwin, a buscar al doctor Davis. El hombre herido estaba plenamente consciente, pero no pudo decir nada coherente, sino simplemente musitar: "¡Ah, mis tobillos!" "Déjame" o "Encerrado en la tumba". Luego llegó el doctor con su maletín, hizo algunas preguntas escuetas y quitó al paciente la ropa, los zapatos y los calcetines. Las heridas, ya que ambos tobillos estaban espantosamente lacerados en torno a los tendones de Aquiles, parecieron desconcertar sobremanera al viejo médico y, por último, casi espantarlo. Su interrogatorio se hizo más que médicamente tenso, y sus manos temblaban al curar los miembros lacerados, vendándolos como si desease perder de vista las heridas lo antes posible.

Siendo, como era Davis, un doctor calculador e impersonal, el detallado y terrible interrogatorio resultó de lo más extraño, intentando arrancar al fatigado enterrador cada mínimo detalle de su horrible experiencia. Se encontraba tremendamente ansioso de saber si Birch estaba seguro —absolutamente seguro— de que era el ataúd de Fenner en la penumbra, y de cómo había podido distinguir este del duplicado de inferior calidad del ruin de Asaph Sawyer. ¿Era posible que la sólida caja de Fenner cediera tan fácilmente? Davis, un profesional con larga experiencia en el pueblo, había estado en ambos funerales, aparte de haber atendido a Fenner como a Sawyer en su última enfermedad. Incluso se había preguntado, en el funeral de este último, cómo el vengativo granjero podría caber en una caja tan acorde al diminuto Fenner.

Davis se marchó después de dos horas largas, urgiendo a Birch a insistir en cualquier caso que sus lesiones eran fruto únicamente de clavos sueltos y madera astillada. ¿Qué otra cosa, dijo, podría probarse o creerse en cualquier caso? Pero lo mejor sería decir tan poco como pudiera y en no dejar que otro médico tratase sus heridas. Birch tomó en cuenta tal recomendación el resto de su vida, hasta que me contó la historia, y cuando vi las cicatrices —antiguas y desvaídas como eran— convine en que había obrado juiciosamente. Quedó cojo para siempre, porque los grandes tendones fueron dañados, pero creo que mayor fue la cojera de su espíritu. Su manera de pensar, en otro tiempo flemática y lógica, estaba indeleblemente afectada y resultaba penoso notar su respuesta a ciertas alusiones fortuitas como "viernes", "tumba", "ataúd", y palabras de menos obvia relación. Su espantado caballo había vuelto a casa, pero su ingenio nunca lo hizo. Cambió de trabajo, pero siempre tenía la preocupación por algo. Quizá era solo miedo, o miedo junto a una extraña y tardía clase de remordimiento por antiguas atrocidades cometidas. La bebida, claro, solo empeoraba todo lo que trataba de aliviar.

Esa noche, cuando el doctor Davis dejó a Birch, cogió una linterna y fue al viejo mortuorio. La luna resplandecía en los dispersos trozos de ladrillo y en la roída fachada, así como en el picaporte de la gran puerta, lista para abrirse con un toque desde el exterior. Fortificado por antiguas ordalías en salas de disección, el doctor entró y miró alrededor, conteniendo la náusea corporal y espiritual ante todo lo que tenía ante la vista y el olfato. Gritó una vez, y luego lanzó un boqueo que era más terrible que cualquier grito. Después huyó a la casa y rompió las reglas de su profesión alzando y sacudiendo a su paciente, lanzándole una serie de estremecedores susurros que punzaron en sus oídos como el siseo del vitriolo.

—¡Tal como pensaba, era el ataúd de Asaph, Birch! Conozco sus dientes, con esa falta de incisivos superiores… ¡Jamás, por dios, muestre esas heridas! El cuerpo estaba bastante corrompido, pero si alguna vez he visto un rostro vengativo… o lo que fue un rostro… ya sabe que era como un demonio vengativo… cómo arruinó al viejo Raymond treinta años después de su pleito de lindes, y cómo golpeó al perrillo que quiso morderlo el agosto pasado… era el demonio encarnado, Birch, y creo que su afán de revancha puede vencer a la misma Madre Muerte. ¡Dios mío, qué rabia! ¡No quiero ni pensar en que se hubiera fijado en mí!

—¿Por qué hizo eso, Birch? Era un canalla, y yo no le condeno que le diera un ataúd de segunda, ¡pero ha ido demasiado lejos! Suficiente tenía con apretarlo de alguna manera ahí, pero usted sabía cuán pequeño de cuerpo era el anciano Fenner.

—Y no podré quitarme esa visión mientras tenga vida. Usted debió de patalear con mucha fuerza, porque el ataúd de Asaph estaba en el suelo. Su cabeza se había destrozado por completo y estaba toda esparcida. Vaya que he visto cosas, pero ya eso me ha desbordado. ¡Se lo tiene bien merecido Birch! La osamenta me descompuso el estómago, pero aquello era peor… ¡Esos tobillos destrozados para poder meterlo y apretujarlo en el ataúd desechado de Matt Fenner!

La calle

Hay una creencia popular algo extendida que dice que las cosas y los lugares tienen alma, y también otros que no lo creen; en mi caso, no puedo tomar partido, aunque si quisiera hablar sobre la Calle.

La Calle fue creada por hombres vigorosos y con entereza; hombres de buen obrar y de esfuerzo, de nuestra sangre, llegados de las Islas Bienaventuradas, al otro lado del mar. En un inicio no fue más que un sendero hollado por aguadores que iban del manantial del bosque al puñado de casas que había junto a la playa. Luego, al llegar más hombres al creciente grupo de casas en busca de un lugar donde vivir, se levantaron chozas en la parte norte, y cabañas de recios troncos de roble y albañilería en el lado del bosque, dado que por allí les hostigaban los indios con sus flechas. Años más tarde, los hombres construyeron cabañas también en la parte sur de la Calle.

Por la Calle caminaban arriba y abajo hombres graves de cónicos sombreros, cargados casi siempre con mosquetes y armas de caza. Y también paseaban sus esposas en sombreradas y sus hijos serios. Por la noche, los hombres se sentaban, con sus esposas e hijos alrededor de gigantescas chimeneas, y leían y conversaban. Muy simples eran las cosas sobre las que leían y hablaban, pero les infundían aliento y bondad, y les ayudaban durante el día a someter el bosque y los campos. Y los hijos escuchaban y aprendían las leyes y las proezas de otros tiempos, y cosas de la entrañable Inglaterra que nunca habían visto o no podían recordar.

Hubo una guerra, y los indios no volvieron a turbar la Calle. Los hombres, dedicados a su trabajo, prosperaron y fueron todo lo felices que sabían ser. Y crecieron los hijos en la prosperidad, y llegaron más familias de la Madre Patria a vivir en la Calle. Y crecieron los hijos de los hijos, y los hijos de los recién llegados. El pueblo fue entonces una ciudad; y una tras otra, las cabañas cedieron el paso a las casas: sencillas y hermosas casas de ladrillo y madera, con escalinata de piedra, barandilla de hierro y montante en abanico sobre las puertas. No eran frágiles creaciones estas casas, ya que se construían para que sirvieran a muchas generaciones. Dentro tenían chimeneas esculpidas y graciosas escaleras, muebles agradables y de gusto, porcelanas de china y vajillas de plata traídas de la Madre Patria.

De esta manera, la Calle bebió en los sueños de un pueblo joven y se alegró cuando sus moradores se volvieron más refinados y felices. Donde en otro tiempo no había sino fuerza y honor, convivían ahora también el gusto y el deseo de aprender. Llegaron a las casas los libros y los cuadros y la música, y los jóvenes fueron a la universidad erigida en la llanura del norte. En lugar de sombreros cónicos y espadas cortas, de lazos y pelucas, aparecieron adoquines en los que resonaban las herraduras de los pura sangre y traqueteaban los dorados coches; y aceras de ladrillo con montaderos y postes para amarrar a los caballos.

También habían en la Calle muchos árboles variados: olmos y robles y arces respetables; de forma que en verano el escenario estaba lleno de verdor y de cantos de pájaros. Y detrás de las casas había valladas rosaledas con senderos flanqueados por setos y relojes de sol, donde por la noche brillaban mágicamente la luna y las estrellas, y las flores fragantes centelleaban con el rocío.

Así siguió entre sueños la Calle, soportando guerras, desgracias y cambios. Una de las veces se marchó la mayoría de los jóvenes, algunos de los cuales no regresaron. Eso fue cuando retiraron la vieja bandera e izaron un nuevo pendón con estrellas y barras. Pero aunque los hombres hablaban de grandes cambios, la Calle no los notó, ya que sus gentes seguían siendo las mismas y hablaban de las viejas cosas familiares en las viejas tertulias familiares. Y los árboles siguieron cobijando a los pájaros cantores, y por la noche, la luna y las estrellas contemplaban las flores llenas de rocío en las valladas rosaledas.

Con el paso del tiempo se ausentaron de la Calle las espadas, los tricornios y las pelucas. ¡Qué extraños parecían los habitantes con sus bastones, sus altos sombreros de castor y su pelo cortado! Un nuevo rumor comenzó a oírse a lo lejos: primero, extraños resoplidos y gritos procedentes del río, a una milla de distancia; luego, bastantes años después, extraños resoplidos y gritos y estrépitos en otras direcciones. El aire no era tan puro como antes, pero el espíritu del lugar no había cambiado. La sangre y el alma de sus antepasados habían forjado la Calle. Tampoco se perdió el espíritu cuando desventraron la tierra e introdujeron extrañas tuberías, o cuando alzaron altos postes a fin de sostener alambres misteriosos. Había tanto saber antiguo en la Calle, que no era fácil olvidar el pasado.

Luego llegaron malos tiempos, en los que muchos de los que conocían la Calle de antiguo dejaron de conocerla, y la conocieron muchos que antes no la conocían; y se marcharon, ya que sus acentos eran toscos y estridentes, y desagradables sus expresiones y semblantes. Sus pensamientos alzaron su tono también contra el espíritu sabio y justo de la Calle, de forma que la Calle languideció en silencio al tiempo que sus casas se deshacían, sus árboles morían uno tras otro y sus rosaledas eran invadidas por la maleza y la basura. Pero un día sintió un estremecimiento de orgullo, cuando otra vez marcharon sus jóvenes, algunos de los cuales tampoco regresaron. Jóvenes que vestían de azul.

Con el pasar de los años, la suerte de la Calle no mejoró para nada. Sus árboles habían desaparecido en su totalidad, y sus rosaledas fueron desalojadas por las paredes traseras de edificios nuevos, feos y baratos, alineados en calles paralelas. Aun así, siguió habiendo casas, a pesar de los estragos de los años y las tormentas; pues habían sido construidas para que sirviesen a muchas generaciones. Nuevos rostros aparecieron en la Calle; rostros morenos, siniestros, de ojos furtivos y facciones singulares, cuyos poseedores hablaban exóticas lenguas y trazaban signos de caracteres conocidos y desconocidos sobre la mayoría de las casas anticuadas. Las carretillas atestaban el arroyo. Un hedor sórdido, indefinible, reinaba en el lugar, y adormecía su antiguo espíritu.

Una vez, la Calle experimentó una gran exaltación. La guerra y la revolución se habían desatado ardorosamente al otro lado de los mares; había caído una dinastía, y sus degenerados súbditos se dirigían en tropel, con dudosas intenciones, a la Tierra Occidental. Muchos de ellos ocuparon las casas arruinadas que anteriormente conocieran el canto de los pájaros y el perfume de las rosas. Después, la Tierra de Occidente despertó, y se unió a la Madre Patria en su lucha titánica por la civilización. De nuevo flotó por encima de las ciudades la vieja bandera en compañía de la nueva y de otra más sencilla —aunque gloriosa—, tricolor. Pero no ondearon muchas en la Calle, pues allí solo reinaba el miedo y el odio y la ignorancia. Y otra vez se fueron los jóvenes, pero no como los jóvenes de otros tiempos. Algo les faltaba. Los hijos de los jóvenes de otros tiempos, vestidos de color pardo oliváceo y dotados del mismo espíritu de sus antepasados, procedían de lugares lejanos y no conocían la Calle ni su antiguo espíritu.

Hubo una gran victoria al otro lado de los mares, y la mayoría de los jóvenes regresaron triunfalmente. Aquellos a quienes había faltado algo, dejó de faltarles; sin embargo, aún reinaba en la Calle el miedo y el odio y la ignorancia, porque eran muchos los que se habían quedado, y muchos los extranjeros que habían llegado de lejanos lugares a ocupar las casas antiguas. Y los jóvenes que regresaron no vivieron ya en ellas. La mayoría de los desconocidos eran atezados y siniestros, aunque era posible descubrir entre ellos algún rostro parecido al de aquellos que formaron la Calle y modelaron su espíritu. Parecidos, y, no obstante, distintos; porque había en los rostros de todos ellos un brillo extraño e insano, como de codicia, de ambición, de rencor o de celo desviado. La agitación y la traición acechaban en el exterior, entre unos cuantos malvados que tramaban asestar un golpe de muerte a la Tierra Occidental, a fin de imponer su poderío sobre sus ruinas, como habían hecho los asesinos de ese frío y desdichado país del que venía la mayoría. Y el foco de esa conspiración estaba en la Calle, cuyas casas ruinosas hervían de agitadores y resonaban con los planes y discursos de aquellos que ansiaban la llegada del día designado para la sangre, las llamas y los crímenes.

A pesar de que La ley habló mucho sobre extraños conciliábulos en la Calle, poco pudo probar. Con gran celeridad, hombres portadores de insignias ocultas frecuentaron con el oído atento lugares como la panadería de Petrovitch, la mísera Escuela Rifkin de Economía Moderna, el Club del Círculo Social y el Café Libertad. Allí se reunían en gran número siniestros individuos, aunque siempre hablaban con cautela, o lo hacían en lenguas extranjeras. Aún seguían en pie las viejas casas, con su saber olvidado de siglos más nobles y pretéritos de robustos habitantes coloniales y rosaledas cubiertas de rodo a la luz de la luna. A veces venía a visitarlas algún poeta o viajero solitario, y trataba de imaginarlas en su perdido esplendor; pero no eran muchos tales viajeros y poetas.

Luego se oyeron cuentos de que en esas casas se ocultaban los cabecillas de una extensa banda de terroristas, quienes en determinado día iban a entregarse a una orgía de sangre, con objeto de aniquilar América y todas las bellas y antiguas tradiciones que la Calle había amado.

Corrían panfletos y periódicos por los arroyos inmundos; panfletos y periódicos impresos en diversas lenguas y caracteres, llenos de mensajes de rebelión, de crímenes. En ellos se alentaba a las gentes a derribar las leyes y las virtudes que nuestros padres habían exaltado, a fin de ahogar el alma de la vieja América, el alma que nos legaron, a través de mil quinientos años de libertad, justicia y moderación anglosajonas. Se decía que los hombres atezados que se reunían en las ruinosas construcciones eran los cerebros de una terrible revolución que a una directriz suya muchos millones de bestias embrutecidas sacarían sus garras repugnantes de los bardos inmundos de un millar de ciudades, incendiando, matando y destruyendo, hasta arrasar la tierra de nuestros padres. Todo esto se comentaba y se repetía, y muchos pensaban con temor en el 4 de julio, día del que hablaban los extraños escritos; sin embargo, nada se descubrió que delatara a los culpables. Nadie sabía a quién había que detener para cortar de raíz la condenable conjura. Muchas veces fueron grupos de policías de chaqueta azul a registrar las casas ruinosas; pero finalmente dejaron de ir, porque también ellos se cansaron de hacer mantener la ley y el orden, y abandonaron la ciudad a su suerte. Entonces llegaron los hombres de verde oliva cargados con sus mosquetes, hasta el punto de que parecía como si, en su sueño lamentable, le llegaran a la Callé recuerdos de aquellos otros tiempos en que la recorrían los hombres de los mosquetes y los sombreros cónicos camino del manantial del bosque al grupo de casas de la playa. Sin embargo, no pudieron tomar ninguna medida para prevenir el inminente cataclismo, ya que los hombres atezados y siniestros poseían una muy experimentada astucia.

De este modo, la Calle siguió teniendo su sueño inquieto, hasta que una noche se reunieron en la panadería de Petrovitch, en la Escuela de Economía Moderna, en el Club del Círculo Social, en el Café Libertad y en otros lugares, inmensas hordas de ojos abiertos por el horrible sentimiento de triunfo y expectación. Viajaron por ocultos alambres extraños mensajes, y se habló mucho también de otros aún más extraños que debían viajar; pero de casi todo esto no se supo nada hasta después, cuando la Tierra de Occidente estuvo a salvo del peligro. Los hombres de pardo oliva no podían decir lo que ocurría, ni lo que iban a hacer, porque los hombres atezados y siniestros eran diestros en la ocultación y el disimulo.

Jamás olvidarán los hombres de pardo oliva esa noche, y se hablará de la Calle como ellos hablan a sus nietos; porque fueron muchos los enviados, hacia el amanecer, a una misión distinta de cuantas ellos esperaban. Se sabía que este nido de anarquía era viejo, y que las Casas estaban en ruinas a causa de los estragos del tiempo, de las tormentas y la carcoma; sin embargo, lo que ocurrió esa noche de verano sorprendió por su extraña uniformidad. En efecto, fue un suceso de lo más singular, aunque muy simple. Porque sin previo aviso, a las primeras horas de la madrugada, todos los estragos de los años y las tormentas y la carcoma llegaron a su tremenda culminación: y tras el derrumbamiento final, no quedó en pie nada en la Calle, salvo dos antiguas chimeneas y parte de una pared de ladrillo. Nadie de cuantos vivían allí salió con vida de las ruinas. Un poeta y un viajero que llegaron con la enorme multitud a ver la escena, contaron después extrañas historias. El poeta dijo que en los momentos previos a los primeros rayos del sol contempló las sórdidas ruinas confusamente al resplandor de las luces eléctricas, y que por encima de los escombros se superponía otro esplendoroso paisaje en el que pudo dilucidar la luna, casas hermosas y bien construidas, árboles muy variados como olmos y robles y arces venerables. Y el viajero, por su lado, afirmó que ya no había ese habitual hedor, si no un delicado aroma como de rosas en flor. Aunque ¿no son palpablemente inciertos las ilusiones de los poetas y los cuentos de los viajeros?

Hay una creencia popular algo extendida que dice que las cosas y los lugares tienen alma, y también otros que no lo creen; en mi caso, yo no podría decir más que lo que os he contado de la Calle.

La bestia en la cueva

La más terrible conclusión que había estado trastornándome constantemente no había hecho más que confirmarse. No había nada que pudiera hacer, descorazonado en el gran y enrevesado recinto de la caverna de Mamut. Mirara a donde mirara, no había absolutamente nada que me pudiera dar una pista de dónde había una salida. Estaba perdido y sentía que no volvería jamás a contemplar un bendito amanecer, tampoco pasear por los valles y las montañas agradables de todo eso hermoso que está afuera. No había nada que hacer. A pesar de todo, educado como estaba por una vida entera de estudios filosóficos, sentí una satisfacción grande con mi conducta fría; porque, aunque había leído bastante sobre la desesperación en el que caían las víctimas en estos casos, no me pasaba nada de eso, por lo que permanecí muy tranquilo cuando entendí que todo estaba perdido.

Tampoco me preocupó en demasía la idea de que era probable que hubiese vagado hasta más allá de los límites en los que se me buscaría. Si había de morir —reflexioné—, aquella caverna terrible pero majestuosa sería un sepulcro mucho mejor que cualquiera que pudiera ofrecerme algún cementerio; había en esta concepción una dosis mayor de tranquilidad que de desespero.

Iba a parecer de hambre, estaba seguro de ello. Sabía que algunos se habían vuelto locos en circunstancias como esta, pero no acabaría yo así. Yo solo era el causante de mi desgracia: me había separado del grupo de visitantes sin que el guía lo advirtiera; y, después de vagar durante una hora aproximadamente por las galerías prohibidas de la caverna, me sentí incapaz de volver atrás por los mismos vericuetos tortuosos que había seguido desde que abandoné a mis compañeros.

La luz de mi antorcha comenzaba a expirar, pronto estaría ya en la oscuridad total y casi palpable de las entrañas de la tierra. Mientras me encontraba bajo la luz poco firme y evanescente, medité sobre las circunstancias exactas en las que se produciría mi próximo fin. Recordé los relatos que había escuchado sobre la colonia de tuberculosos que establecieron su residencia en estas grutas titánicas, por tratar de encontrar la salud en el aire sano, al parecer, del mundo subterráneo, cuya temperatura era uniforme, para su atmósfera e impregnado su ámbito de una apacible quietud; en vez de la salud, habían encontrado una muerte extraña y horrible. Yo había visto las tristes ruinas de sus viviendas defectuosamente construidas, al pasar junto a ellas con el grupo; y me había preguntado qué clase de influencia ejercía sobre alguien tan sano y vigoroso como yo una estancia prolongada en esta caverna inmensa y sin un solo sonido. Este es el momento, me dije con lóbrego humor, en que me había llegado la oportunidad de comprobarlo; si es que la necesidad de alimentos no apresuraba con demasiada rapidez mi despedida de este mundo.

Decidí no dejar una piedra sin remover, ni desechar ningún medio posible de escape, en tanto que se desvanecían en la oscuridad los últimos rayos espasmódicos de mi antorcha; de modo que —apelando a toda la fuerza de mis pulmones— proferí una serie de gritos fuertes, con la esperanza de que mi clamor atrajese la atención del guía. Sin embargo, pensé mientras gritaba que mis llamadas no tenían objeto y que mi voz —aunque magnificada y reflejada por los innumerables muros del negro laberinto que me rodeaba— no llegaría a más oídos que los míos.

Igualmente, mi atención quedó fijada con un sobresalto al imaginar que escuchaba el suave ruido de pasos aproximándose sobre el rocoso pavimento de la caverna.

¿Era posible que estuviera cerca de recuperar mi libertad? ¿Habrían sido entonces vanas todas mis horribles aprensiones? ¿Se habría dado cuenta el guía de mi ausencia no autorizada del grupo y seguiría mi rastro por el laberinto de piedra caliza? Empujado por estas preguntas jubilosas que afloraban en mi imaginación, me hallaba dispuesto a renovar mis gritos con objeto de ser descubierto lo antes posible, cuando, en un instante, mi deleite se convirtió en horror a medida que escuchaba: mi oído, que siempre había sido agudo, y que estaba ahora mucho más agudizado por el completo silencio de la caverna, trajo a mi confusa mente la noción temible e inesperada de que tales pasos no eran los que correspondían a ningún ser humano mortal. Los pasos del guía, que llevaba botas, hubieran sonado en la quietud ultraterrena de aquella región subterránea como una serie de golpes agudos e incisivos. Estos impactos, sin embargo, eran blandos y cautelosos, como producidos por las garras de un felino. Además, al escuchar con atención me pareció distinguir las pisadas de cuatro patas, en lugar de dos pies.

No me quedó ninguna duda entonces de que mis gritos habían despertado y atraído a alguna bestia feroz, probablemente a un puma que se hubiera extraviado accidentalmente en el interior de la caverna. Consideré que era posible que el Todopoderoso destinara para mí una muerte más rápida y piadosa que la que me sobrevendría por hambre; sin embargo, el instinto de conservación, que nunca duerme del todo, se agitó en mi seno; y aunque el escapar del peligro que se aproximaba no serviría sino para preservarme para un fin más duro y prolongado, determiné a pesar de todo vender mi vida lo más cara posible. Por muy extraño que pueda parecer, no podía mi mente atribuir al visitante intenciones que no fueran hostiles. Fue así como, me quedé muy quieto, con la esperanza de que la bestia —al quedarse sin un sonido que la guiase— perdiese el rumbo, como me había sucedido a mí, y pasase de largo a mi lado. Pero no estaba destinada esta esperanza a realizarse: los extraños pasos avanzaban sin titubear, era evidente que el animal sentía mi olor, que sin duda podía seguirse desde una gran distancia en una atmósfera como la caverna, libre por completo de otros efluvios que pudieran distraerlo.

También advertí, por tanto, que tendría que estar armado para defenderme de un misterioso e invisible ataque en la oscuridad y tanteé a mi alrededor en busca de los mayores entre los fragmentos de roca que estaban esparcidos por todas partes en el suelo de la caverna, y tomando uno en cada mano para su uso inmediato, esperé con resignación el resultado inevitable. Pasaban los instantes y las horrendas pisadas de las zarpas se aproximaban. En verdad, era muy extraña la conducta de aquella criatura. La mayor parte del tiempo, las pisadas parecían ser las de un cuadrúpedo que caminase con una singular falta de concordancia entre las patas anteriores y posteriores, pero —a intervalos breves y frecuentes— me parecía que tan solo dos patas realizaban el proceso de locomoción. Me preguntaba cuál sería la especie de animal que iba a encararse conmigo; debía tratarse, pensé, de alguna bestia desafortunada que había pagado la curiosidad que la llevó a investigar una de las entradas de la tenebrosa gruta con un confinamiento de por vida en sus recintos interminables. Sin duda le servirían de alimento los peces ciegos, murciélagos y ratas de la caverna, así como alguno de los peces que son arrastrados a su interior cada crecida del Río Verde, que comunica de cierta manera oculta con las aguas subterráneas. Ocupé mi terrible vigilia con grotescas conjeturas sobre las alteraciones que podría haber producido la vida en la caverna sobre la estructura física del animal; recordaba la terrible apariencia que atribuía la tradición local a los tuberculosos que allí murieron tras una larga residencia en las profundidades. Entonces recordé con sobresalto que, aunque llegase a abatir a mi antagonista, nunca contemplaría su forma, ya que mi antorcha se había extinguido hacía tiempo y yo estaba por completo desprovisto de fósforos. La tensión de mis pensamientos se hizo agobiante. Mi fantasía dislocada hizo surgir formas terribles y terroríficas de la siniestra oscuridad que me rodeaba y que parecía verdaderamente apretarse en torno de mi cuerpo. Sentía que estaba a punto de dejar escapar un agudo grito, aunque hubiese sido lo bastante irresponsable para hacer tal cosa, a duras penas habría respondido mi voz. Estaba paralizado por completo, enraizado al lugar en donde me encontraba. Vacilaba que pudiera mi mano derecha lanzar el proyectil a la cosa que se acercaba, cuando llegase el momento crucial. Ahora el decidido "pat, pat" de las pisadas estaba casi al alcance de la mano; luego, muy cerca. Podía escuchar la trabajosa respiración del animal y, aunque estaba paralizado por el terror, comprendí que debía de haber recorrido una distancia considerable y que estaba correspondientemente fatigado. Súbitamente se rompió el hechizo; mi mano, guiada por mi sentido del oído —siempre digno de confianza— lanzó con todas sus fuerzas la piedra afilada hacia el punto en la oscuridad de donde procedía la fuerte respiración, y puedo informar con alegría que casi alcanzó su objetivo: escuché cómo la cosa saltaba y volvía a caer a cierta distancia; allí pareció detenerse.

Después de volver a afinar la puntería, descargué el segundo proyectil, con mayor efectividad esta vez: escuché caer a la criatura, rendida por completo, y permaneció yaciente e inmóvil. Casi agobiado por el alivio que me invadió, me apoyé en la pared. Se seguía oyendo la respiración de la bestia, en forma de jadeantes y pesadas inhalaciones y exhalaciones; deduje de ello que no había hecho más que herirla. Y entonces perdí todo deseo de examinarla. Al fin, un miedo supersticioso, irracional, se había manifestado en mi cerebro, y no me acerqué al cuerpo ni continué arrojándole piedras para completar la extinción de su vida. En lugar de esto, corrí a toda velocidad en lo que era —tan aproximadamente como pude juzgarlo en mi condición de frenesí— la dirección por la que había llegado hasta allí. De pronto escuché un sonido, o más bien una sucesión regular de sonidos. Al momento siguiente se habían convertido en una serie de agudos chasquidos metálicos. Esta vez no había duda: era el guía. Fue ahí cuando grité, aullé, reí incluso de alegría al contemplar en el techo abovedado el débil fulgor que sabía era la luz reflejada de una antorcha que se acercaba. Me precipité al encuentro del resplandor y, antes de que pudiese comprender por completo lo que había ocurrido, estaba postrado a los pies del guía y besaba sus botas mientras balbuceaba —a despecho de la orgullosa reserva que es habitual en mí— explicaciones sin sentido, como un idiota. Contaba con frenesí mi terrible historia; y, al mismo tiempo, abrumaba a quien me escuchaba con protestas de gratitud. Volví por último a algo parecido a mi estado normal de conciencia. El guía había advertido mi ausencia al regresar el grupo a la entrada de la caverna y —guiado por su propio sentido intuitivo de la orientación— se había dedicado a explorar a conciencia los pasadizos laterales que se extendían más allá del lugar en el que había hablado conmigo por última vez; y localizó mi posición tras una búsqueda de más de tres horas.

Después de contar esto, yo, envalentonado por su antorcha y por su compañía, empecé a reflexionar sobre la extraña bestia a la que había herido a poca distancia de allí, en la oscuridad, y sugerí que averiguásemos, con la ayuda de la antorcha, qué clase de criatura había sido mi víctima. Por consiguiente volví sobre mis pasos, hasta el escenario de la terrible experiencia. Pronto descubrimos en el suelo un objeto blanco, más blanco incluso que la reluciente piedra caliza. Nos acercamos con cautela y dejamos escapar una simultánea exclamación de asombro. Porque este era el más extraño de todos los monstruos extranaturales que cada uno de nosotros dos hubiera contemplado en la vida. Resultó tratarse de un mono antropoide de grandes proporciones, escapado quizá de algún zoológico ambulante: su pelaje era blanco como la nieve, cosa que sin duda se debía a la calcinadora acción de una larga permanencia en el interior de los negros confines de las cavernas; y era también sorprendentemente escaso, y estaba ausente en casi todo el cuerpo, salvo de la cabeza; era allí abundante y tan largo que caía en profusión sobre los hombros. Tenía la cara vuelta del lado opuesto a donde estábamos, y la criatura yacía casi directamente sobre ella. La inclinación de los miembros era singular, aunque explicaba la alternancia en su uso que yo había advertido antes, por lo que la bestia avanzaba a veces a cuatro patas, y otras en solo dos. De las puntas de sus dedos se extendían uñas largas, como de rata. Los pies no eran prensiles, hecho que atribuí a la larga residencia en la caverna que, como ya he dicho antes, parecía también la causa evidente de su blancura total y casi ultraterrena, tan característica de toda su anatomía. No parecía tener cola.

Su respirar era ya muy débil, y el guía sacó su pistola con la clara intención de despachar a la criatura, cuando de súbito un sonido que esta emitió hizo que el arma se le cayera de las manos sin ser usada. Resulta difícil describir la naturaleza de tal sonido. No tenía el tono normal de cualquier especie conocida de simios, y me pregunté si su cualidad extranatural no sería resultado de un silencio completo y continuado por largo tiempo, roto por la sensación de llegada de luz, que la bestia no debía de haber visto desde que entró por vez primera en la caverna. El sonido, que intentaré describir como una especie de parloteo en tono profundo, continuó débilmente.

A la vez, un efímero espasmo de energía pareció conmover el cuerpo del animal. Las garras hicieron un movimiento convulsivo, y los miembros se contrajeron. Con una convulsión del cuerpo rodó sobre sí mismo, de modo que la cara quedó vuelta hacia nosotros. Quedé por un momento tan petrificado de espanto por los ojos de esta manera revelados que no me apercibí de nada más. Eran negros aquellos ojos; de una negrura profunda en horrible contraste con la piel y el cabello de nívea blancura. Como los de las otras especies cavernícolas, estaban profundamente hundidos en sus órbitas y por completo desprovistos de iris. Cuando miré con mayor atención, vi que estaban enclavados en un rostro menos prognático que el de los monos corrientes, e infinitamente menos velludo. La nariz era prominente. Mientras contemplábamos la enigmática visión que se representaba a nuestros ojos, los gruesos labios se abrieron y varios sonidos emanaron de ellos, tras lo cual la cosa se sumió en el descanso de la muerte.

El guía cogió la manga de mi chaqueta y se estremeció tan violentamente que la luz se estremeció en una sola convulsión, proyectando en la pared tenebrosas sombras que parecían moverse.

Yo no pude moverme; estaba de nuevo petrificado, preso completamente del horror, y mis ojos fijos en el suelo delante de mí.

Todo temor se esfumó, y en su lugar me embargaron sentimientos de compasión, asombro y respeto; todos los sonidos que había emitido esta criatura que estaba tendida en este horroroso lugar hizo que nos diéramos cuenta de una tremenda verdad: esta criatura que yo había golpeado y a la que le había robado la vida, la extraña bestia de la cueva maldita, era —o fue alguna vez— *¡¡¡un hombre!!!*

Índice